KB246232

누드김

밥의 노래

①

공자가 비아그라를 드셨을 때

나남출판

공자가
비아그라를
드셨을 때

누드김밥의 노래

첫 번째 이야기

이솜 지음

NANAM
나남출판

누드김밥의 노래

짜짬딜레마

중국집에 가면 나는 영원한 딜레마 하나에 여지없이
빠지고 만다. 이른바 '짜짬 딜레마' 다.
앞자리의 친구 녀석은 짬뽕을 시키고 나는 짜장을
시켰는데 음식이 나오는 걸 보니 짬뽕이 더
맛있어 보이는 것이다. 내가 짬뽕이고
녀석이 짜장일 때는 또 짜장면이 맛있어 보인다.

짬뽕이나 짜장 1인분이 가격노 겸손(?)하지만 양도
무척이나 겸손해서 녀석의 그릇에 무자비한 젓가락을
휘둘러 몇 안되는 면발을 선점해 오는 것도 과히
점잖은 일은 아니기에 녀석의 앞에 놓인 그릇에 쩝쩝
입맛을 다시면서 맛없는 내 것을 먹어야하기 일쑤다.

나는 중국사람들의 위대함이랄까, 무서움이랄까
그런 걸 들라면 이 중국집의 생존력을 생각해낸다.
롯데호텔 마천루에서 청계천 부품골목 뒷동네에
이르기까지 이 불그레한 간판을 매단 중국음식점이
한두 개쯤 없는 곳이 없잖은가.
그리고 그것이 어디에 있든 우리가 길들여져 있는

어떤 맛을 실망시키지 않고 제공해 준다는 점과
값도 아엠에프 시대에 걸맞게 약간은 만만하다는 점이
우리를 쉽게 그 붉은 간판 아래로 끌어들인다.

앞자리에 앉은 녀석이 짬뽕을 맛있게 먹고 있는
꼬락서니를 보노라면 참으로 군침이 돈다. 새우 구운
색깔과 비슷한 불그스름한 국물은 얼큰하기 짝이 없어
보이고 그 국물 속에 쫄깃쫄깃한 자태로 다소곳이
내려앉은 면발과 면발 사이로 빨간 무와 갖은 야채들의
군무(群舞)도 입맛을 가차없이 자극한다.
뿐만인가. 송송송 썰어져 국물 속에 헤엄치고 있는
오징어다리나 문어 따위의 해물들은 왜 그리 맛있어
보이는가.

중국 음식 특유의 고추기름 같은 것이 둥둥둥 떠있는 것도
맛져 보이고 그 붉은 수면 위에서 모락모락 솟아오르는
김과 거기서 은은히 풍기는 후끈한 냄새를 맡노라면
가히 맛의 천국을 말할 만하다. 녀석, 저런 짬뽕을
선택하다니 복도 많은 녀석이군!하는 괴상한 심정이 된다.
정말 웃기는 짬뽕 같은 마음이다.

녀석이 짜장을 시켰을 땐 전혀 다른 마음이다. 우선
짙은 고동색의 짜장양념에서 풍겨나오는 형언할 수 없는
유혹이 사람을 기죽인다. 중학교 때인가 처음 짜장면을
먹었을 때가 기억난다. 외숙모가, 경주 시내에 나온 김에
들른 어느 중국집에서 이 이상한 음식을 사주셨는데

처음에는 닝닝하고 물컹물컹한 그 시커먼 국수가 얼마나
괴상해 보였는지 모른다. 하지만 그 이후
짜장면은 내 몸 내 살의 30%를 이룬 음식이라 해도
과언이 아닐 만큼 내게 넘버원의 식사 메뉴로
자리잡았다.

배가 고프기 시작하면 머릿속에 그 눅눅하고
퀴퀴하면서도 정겹고 그러면서 침을 삼키게 만드는
짜장의 유혹을 맨 먼저 만난다.
분명히 시원하고 후련한 맛은 아니되, 언제나 내
위장의 희망사항을 꿰뚫고 있는 듯한 이 검은 액체의
비밀에 대해 아는 바는 없다. 그저 나의 입이, 아니
나의 식도가 짜장을 찾는 것이다

이 검은 설렘 속에 버무러주기를 기다리고 있는
면발들의 미색은 가히 이 음식의 모양새를 아름답다고
말하지 않을 수 없는 특유의 자태를 연출한다.
윤기가 자르르 흐르는 이 걸쭉한 국물을 면발과 섞는 동안
내 마음속에서는 이미 위액과 침샘이 충분히 그 뚜껑을
열고, 이 귀한 손님이 들어오기를 기다린다.

짜장면은 맛있다는 말로는 부족한 무엇이 있다. 거기에는
인간 식욕의 허점을 파고드는 검은 국물의 공격적인
향미(香味)가 도사린다. 중국 본토에는 아예 없다는둥 또는
있어도 생판 다르다는둥 말도 많은,
이 짜장이란 가공스런 무기를 개발해낸 중국사람들의

천재적인 음식감각에 대해 경의를 표하지 않을 수 없다.
남의 나라 사람들의 입맛의 빈틈을 어찌 그리 잘 아는지!
한국사람치고 이 짜장의 유혹에 자유로울 수 있는
사람이 몇이나 되랴?

그 짜장을 앞자리에 앉은 저 녀석이 마치 당연한
권리인듯 탐식하고 있는 것이 아닌가!
나는 벌건 국물의 짬뽕일 뿐인데 말이다. 저 위대한
짜장을 척척 버무리는 녀석의 젓가락질은 당당하고도
도도하다. 둥둥 떠다니는 오징어다리를 건지고 있는
나는 왜 이리 초라한가. 이런 불공평이 어딨는가.
녀석은 정말 웃기는 짜장면이다.

이런 부러움과 음식시샘을 좀 줄여볼까 하여 처음에
시키기 전에 엄청난 고민을 하게 된다.
그러나 그런 고민 끝에 난산한 결정의 결과도 여전히
후회스럽긴 마찬가지다. 짜장 하고보면 맛있는 건
짬뽕이고 짬뽕을 고르고보면 반대다. 짜짬 두 그릇을
한꺼번에 먹기엔 배가 부르고, 녀석과 반반씩
나눠먹기엔 왠지 둘 다 입만 버릴 것 같은 아쉬움이 있다.
에라 모르겠다. 둘다 똑같은 걸 시키면 그런 후회가
덜하겠지? 그러나 시켜놓고 보면 우리 자리 옆자리에
앉은 짜장이나 짬뽕이 더한 유혹으로 우릴 비웃고
있지 않은가.

짜짬의 딜레마는 어찌 보면 우리 살이〔生〕의 모양새와

좀 닮아 있기도 하다. 어느 교과서엔가
'가지않은 길'의 아쉬움을 표현한 시처럼, 늘 스스로가
가고 있는 것에 대한 불만과 가지 못한 길에 대한
아쉬움이 공존하는, 마음의 허황한 지향 같은 것이
이 딜레마 속에는 고스란히 숨어있다.
사실은 이미 선택한 것이 당시에도 최상이었고, 다시
살아도 그런 선택 이상이 있을 수 없을지 모르는데도
이 길이 아니었으면 뭔가 나았을 것이라는 엉터리
확신으로 늘 뒤돌아보게 하는 마음의 지도를,
이 중국집의 고민은 리얼하게 보여준다.

어떤 날은 더 좋은 학교를 못 나와서 슬프고 어떤 날은
아엠에프도 없는 더 좋은 나라를 못 가져서 슬프고
어떤 날은 더 좋은 직장을 못 가져서 슬프고 어떤 날은
더 좋은 이피트, 더 좋은 친구, 더 좋은 미누라를 못가져서
슬프다.
어떤 날은 내 재능이 요것밖에 아니어서 답답하고
어떤 날은 내 얼굴이 이 정도밖에 안 되어서 신경질나고
어떤 날은 내 키가 180센티가 안 되어서 약오른다.
어떤 날은 내가 의사가 아니어서 배아프고
어떤 날은 내가 차인표가 아니어서 미칠 지경이다.
나는 왜 이 모양 이 꼴인가.

이 유치한 비교와 자기모멸이 바로 내 마음속에 숨은
하나의 병이다. 물론 이런 생래적인 자학이 오히려 존재를
긴장케 하여 더욱 열심히 살게 하는 건지도 모른다.

하지만 어쨌든 그 어리석음의 크기가 짜짬의 딜레마에서
풍기는, 그 웃기는 심사와 별반 다른 게 없다는 점은
인정하지 않을 수 없다.

내 그릇에 담긴 것을 맛있게 먹을 수 있는 마음은
바로 내 살이의 한 지혜일 지도 모른다.
내 그릇의 것이 순간적으로 못나 보인다고 휘휘
못된 마음의 젓가락질을 해대기 시작하면 내 점심식사만
망칠 뿐 아닌가. 단무지 하나를 천천히 베물면서
생각해보라. 아니 양파껍질 위에 식초를 휘휘 뿌리면서
한번 생각해보라. 내 접시에 든 것이 진짜 맛있는 것이다.
저 녀석은 오히려 나를 부러워 하고 있는 거야.
자신있게 젓가락을 들자.
군침을 삼키면서
자! 한 젓가락 신나게 말아올려 봐?

깨달음은 짬뽕 속에도 있다.

쫄티와 똥배

내가 좀 유별난 성격인 것은 보통 생김새의, 멀쩡한
옷을 사입기 싫어하는 버릇에도 엿보이리라.
난 어디 가서 괴상하게 생긴 옷을 사기 좋아한다.
탤런트들이나 입어야 소화될까 말까 하는 옷을
대담하게 사서 입기도 하고, 거의 밤무대 뛰러
나오는 의상을 갖추고 회사에 뻔찌좋게 출근하기두 한다.
이런 버릇은 뭐라고 말해야 할까? 나도 내 스스로에게
설명하기 어려운 참으로 해괴한 취향이 아닐 수 없다.

그렇다고 내가 김민종이나 차인표처럼 잘 생겼거나
키라도 훤칠 크면 말도 안한다. 그게 아니더라도
몸매라도 좀 있거나, 백번 양보해서 머리카락 속에 새치가
거의 반흑반백 수준에 이르지 않았더라도 좀 볼 만했을
것이다. 그런데 바로 그런 경지에 와 있으면서
오로지 의상 만은 김민종 차인표 따귀를 때리는 패션의
전위를 달리고자 고집하는 것이다.

이런 나의 별취향을 만족시켜 주는 가게가 이대 앞에
하나 있었다. 이대 앞에 내가 가끔 가는 이유는

이발을 하기 위해서인데, 나는 또 머리깎는 거에도 그
유별남을 발휘하여, 이대 앞의 내 맘에 드는 그 미용사가
아니면, 새치머리일망정 절대로 들이밀지 않는다.
바로 그 미용실 앞에
쿠기브랜드의 상설할인매장이 하나 있었다.

쿠기브랜드를 아시는가? 그건
노랑 무스 머리 십대 오렌지들이 입고 다니는 옷이다.
그런데 옷값은 십대답지 않게 제법 비싸서
주머니 빈약한 청소년들은 그 옷을 사입지는 못하고,
그저 쇼윈도에서 동경만 하는 그런 종류의
의상이기도 하다. 실은 처음엔 나도
그것이 그런 옷인 줄 몰랐다.
10대를 갓 통과한 직장의 아가씨들이
귀띔을 해주어서 통밥을 잡게 된 것이다.

어느 날 머리깎은 상쾌한 기분에 이 쿠기의
까만 티셔츠를 한 점 사서는
이튿날 늠름하게 회사에 입고 갔더니
주위에서 난리가 났다.
어이구, 이 선배… 쿠기를 입으셨어요?
그건 나도 소화 못하는 옷인디…
스물 다섯살 짜리 후배가 옷소매를 만져보며 킬킬대면서
하는 말이다. 그건 옷이 왜 그래? 생기다 말았어?
소매는 왜 그리 댕강하고 무슨 란닝구처럼 착 달라붙었냐?
쿠기의 세련된 세계를 이해할 리 없는

부장의 말씀이다.

어쨌든 그 쫄티쿠기를, 그 수많은 사람들의 입방아를
뚫고 줄기차게 입고 다녀 이젠 내가 그놈의 쫄티를 입든
말든 입대는 사람이 주위에서 없어졌다.
그런데 실은 남들의 입성보다 내쪽에서 남모르게
유지해야 하는 내적인 문제가 더 힘겨웠다.

이 쫄티는 배둘레햄이라 불리는, 삼사십대 증후군인
뱃살과 허릿살을 전혀 감출 수가 없는 형태로 되어 있어,
스스로 살을 단속하거나 은닉하는 기교를
습득하지 않으면 무척 흉칙스럽게… 보이기 십상이다.
내 어찌 그걸 모르랴?
내가 이 쫄티를 입고 나간 날은, 제작부서의 아가씨들이,
어머 이 기자님 쫄티를 입으셨네요.하고 낌찍 놀라면서
속살이 엄청 찌셨네요. 통통이예요. 하고 넌지시
뱃살을 들여다본다.

그런 눈들을 의식하다 보니, 이 쫄티를 입는 날은
꽤나 신경쓰지 않을 수 없다.
출근 시간부터 심호흡을 크게 한다. 왜냐면 그때부터
똥배를 집어넣고, 계속 그 상태를 유지해야 하기 때문이다.
그놈의 똥배란 놈은 등산이나 테니스등 제대로 된
운동을 해야 들어가는 살이어서
심호흡 몇번으로 보기좋은 오목함을 유지하기는
정말 어렵다.

그래서 사람들이 내 배의 주위에 시선이 머물렀다 싶으면
황급히 배에 힘을 주는 버릇이 배이게 되었다.

그런 피곤하고 신경 쓰이는 짓을 뭣하러 하느냐고 하실지
모르지만, 그따위 쫄틴지 쿠긴지 벗어던지고 주제에 딱
알맞는 에스에스패션 티셔츠나 하나 사서 입지 그래?하고
점잖게 충고하실 분이 있을지 모르겠지만,
그건 내가 살아온 삶에서 나도 감당하지 못하는 고집과
관련된 것이니 타박한다고 고쳐질 일이 아니란 걸
이해해 주셔야겠다. 다만 그 필사적인 배집어넣기 노력이
혹시나 배근육 발달에 도움이 되어
똥배의 궐기를 약간이라도 누그러뜨릴 수 있다면
고생 끝이라도 낙이겠다.

어떤 과학자에 의하면, 삼사십대의 신체에는
똥배와 허릿살이 부풀 수 밖에 없는 영양학적인, 아니
생리학적인 원인이 있다고 한다. 10대와 20대의 신체는
아무리 먹고 자고 게을러도, 특별한 경우가 아니면
그 살이 배 위로 올라가지 않으며 허리 둘레로도
가지 않는다고 한다. 그것은 생장 발육을 위해 쓰이려고
대기하고 있다가 잽싸게 활용된다는 것이다.

그런데, 나이가 들면 그 기능이 둔화되고, 먹은 영양은
전부 배 둘레로 몰려들어, 거대한 띠를 형성한다.
이 공포의 살들은 결국, 모든 성인병을 부르는 중요한
원인이 된다.

인간에게 죽을 때가 다 돼간다고 알려주는 신의
준엄한 경고인 셈이다.

그런데도 인간은 어리석게도 자기가 맨날 젊은 시절처럼
탱탱하게 살이 모조리 근육이나 키로 갈 수 있다고
믿는 나머지, 하염없이 먹어댄다. 젊은 시절에 알맞던
식사방법이, 그 뒤에는 생명을 숨차게 하는
독이 되는 것이다.
모르겠다. 독이든 뭐든,
어쨌든 늙으면 똥배가 나온다. 남다르게 노력하지 않으면
말이다. 그건 불변의 법칙이겠다.

그러니 그 똥배를 적당히 감추는 옷을 입는 게 속 편하다.
그런데 신체 사정은 고려하지 않고 쿠기스럽게만
살아가고자 하니 나도 어찌 보면 참 딱하다.
자기의 현실을 똑바로 보지 않고 스스로를 속여보려는
마음의 작위가 여기서도 보인다.
난 늙지 않았어,하는 가엾은 최면을 걸려고 쫄티를 입고
나서서 하릴없이 똥배에 힘이나 주고 끙끙대는
꼬락서니라니…

그러나 나는 절대로 포기하지 않는다.
똥배의 현실과 쫄티의 날씬한 꿈을 한겹의 옷 위아래에
반드시 일치시켜 쪼글쪼글 이마에 주름질 때까지
쿠기스럽게 살아가고야 말 것이다.
아니 수의(壽衣)조차도 쿠기로 마출 것이다.

그게 못 말릴 내 삶의, 생긴 대로의 모습인 걸
어쩌겠는가.

그게 못 말릴 내 삶의, 생긴 대로의 모습인 걸
어쩌겠는가.

님과 함께

내 무의식 속에 내장된 유행가 십팔번은 아마
이 노래가 아닐까 한다. 70년대와 80년대 그리고 90년대를
살아오면서 처음엔 설렘으로 그 다음엔 정겨움으로
마지막엔 지독한 촌스러움으로 각인된 이 노래에 대한
이미지史는 우리의 사회문화사를 개관하는 기막힌
한 단서가 될 것이다.

씻어질 듯한 남방셔츠 사이로 숭숭 난 가슴털과
빵빵해보이는 가슴 근육을 슬몃슬몃 보여주며
남성적인 굵직하고 윤기 나는 목소리로 어린 심금을
울렸던 남진이란 가수는, 내 삶의 원형들을 형성하는
70년대적 분위기의 한 대명사였다.

당시엔 남진과 나훈아가 가요계의 쌍벽을
이루고 있었는데, 남진의 굵직하고 사내다운 노래와
나훈아의 간드러지고 애절한 여성 취향의 노래가
알맞게 대조를 이루고 있었다. 이런 기본적인 이미지
때문에 나는 이 두 가수의 출신지에 대해 늘
헷갈린다. 전라도적인 다감하고 섬세한 정서로 다가온

나훈아는 경상도 출신이고, 우람한 느낌의 남진은
전라도 사람이 아닌가. 나는 지역편견에 대해 누군가
말할 때면 이 예를 들어 가끔 반박하기도 한다.
지역적 정서보다도 우선하는 것이 개성이다.
전라도 남진과 경상도 나훈아를 보란 말이다.
이렇게 말이다.

어쨌든 남진의 '님과 함께'는 정말 굉장한
노래였다. 당시만 해도 트롯 만이 진정한 유행가이던
가요계의 분위기에서 상당히 진취적이고 경쾌한
리듬으로 당대의 보편적인 꿈을 표현한 이 노래는
일종의 혁명이기도 하였다.
물론 포크 계통의 맹아가 자라나고 있었지만
그 당시로선 언더그라운드 수준에 불과했다.
그런데 당대의 인기가수인 남진이 이런 류의 노래를
들고나온 것이다.

이 노래는 따라부르기 쉬운 데다 흥겨움이 대단해서
곁에서 듣는 사람조차도 어깨가 들썩여지는 분위기가
있다. 이런 장점에 힘입어 '님과 함께'는 폭풍처럼
한 시대의 신명을 강타했다.
기억나는가.
'저 푸른 초원 위에'라고 누군가 선창을 하면,
그 뒤의 반주 리듬에 맞춰, '지랄하고 자빠졌네'나
'니딸따리 내딸따리' 따위의 우스개 말반주를 넣어가며
즐거워하던 일이 말이다.

단언하건대, 최근에 유행한 '꿍따리 샤바라' 의
'꿍따리' 는 저 옛날 '님과 함께' 의 '니딸따리 내딸따리'
에서 힌트를 얻은 절묘한 입말이다. '니딸따리' 는
사천만의 가슴속에 하나의 박자와 장단으로
녹아들어, 그것이 마치 노래 가사의 일부인 것처럼
되었질 않는가.

시골학교의 소풍날이면 모랫벌이나 잔디에서
고고춤을 출 때 처음과 끝 부분엔 언제나 이 노래가
흘러나왔다. 아줌마들 관광버스나 전국 노래자랑에서도
이 노래는 단골 중의 단골이었다. 그야말로
남녀노소가 애창하고 열창하는 국민가요였고, 남녀노소
모두의 꿈과 누선에 닿아 있는 경쾌하고 신나는
즐거움의 선율이었다.

그러나 그 가사를 곰곰이 들여다보면 왠지 석연치 않은
구석이 있다.
'저 푸른 초원 위에
그림같은 집을 짓고
사랑하는 우리님과
한 백년 살고 싶어'

이 아름다운 첫 연을 어린 우리들은 제대로 이해하지
못하여, '초원 위에' 를 '저 하늘에' 로 알았고
'그림같은' 을 '구름 같은' 으로 잘못 생각했고
'한 백년' 은 '삼백년' 으로 오독(誤讀)하기도 하였다.

어쨌거나 이 부분은, 연인들의 꿈을 간결하고 아름답게
드러낸 이 노래의 백미인 것만은 틀림없다. 그런데
이게 과연 우리의 꿈이었던가, 하는 생각이 들기도 한다.

우리나라에 초원이 어디 있나.
초원이라면 북한 갈 소들이 한가로이 풀을 뜯는 정주영
목장이나 골프장밖에 없는 나라에, 어디 풀밭에다
집을 짓는단 말인가.
우리의 전원 생활이면 앞개울물 뒷숲 사이에 포옥
파묻힌 초옥이 제격일 텐데, 저 푸른 초원 위에
그림같은 집이라니? 골프장 캐디라도 되어서 거기 자그만
캐빈 짓고 님과 함께 살고 싶다는 소망은 전혀
아닐 텐데 말이다.

그림같은 집도 그렇다. 그림이란 게 천차만별이라서 그
비유가 지나치게 모호하기도 하지만, 이상하게도
여기서 말하는 그림같은 집을 생각할 때, 동양화 속의
오종종한 초가집이 아니라 우리가 달력 속에서 자주
보아온 '알프스 초원의 그림같은 집'이 떠오르는 것은
내가 너무 서구취향이기 때문일 뿐일까.
당시의 인기 외국드라마이던 '초원의 집'의 영향
탓이었을까. 어쨌든 내가 꿈꾸는 '그림같은 집'은 요즘
경기도 양평 쯤에 가보면 번쩍번쩍하게 지어놓은
별장 같은 집과 비스무리했던 것이 사실이다.

하지만 집은 그렇게 지어놓는데,

사는 것은 무지무지 단순소박하다.
봄이면 씨앗 뿌려
여름이면 꽃이 피고
가을이면 풍년 되어
겨울이면 행복하네.
이 농촌의 사계 속에 파묻혀 살려면 차라리 오두막집이
나왔을 터인데 왜 그리 집은 크게 지었던가.
내 꿈의 부실공사를 드러내는 한 대목일까. 혹은
우리 시대의 무의식이 이룩하고 있는 꿈들의 공통적인
취약점일까. 아니면 헐리웃의 꿈들이 마구 수입되기
시작한 시점에서 우리의 꿈들이 뒤숭숭해지고 마구
헷갈리기 시작한 현상의 반영일까. 어쨌든 스위스 별장
속에 살며 농사짓고 사는 여이이 우리 시대의 꿈이었다

그런데 그 농사의 내용도 다시 보면 약간 어색하다.
봄이면 씨앗 뿌린다는 것은 밭농사가 아닌가.
초원이라면 평지일 테고 그렇다면 논농사도 잘될텐데
왜 밭을 꿈꿨을까. 질척한 논바닥에서 등 구부리고
모를 심는 풍경보다는 밭에서 씨를 뿌리는 것이
좀 덜 궁상맞아 보였을까. 그런데 여름에 꽃이 핀다는
것은 무슨 말인가. 그 뿌린 씨가 밀 따위의 보통 농사가
아니고 담배나 양귀비 같은 특수 농작물이었던가.
아니면 곡식은 곡식대로 키우고, 로맨틱한 분위기를 위해
밭둑에다 심은 다른 꽃들이 핀다는 얘기인가.

내부의 문맥이야 어색하든 말든 전체적으로 보자면

소박한 삶의 즐거움을 노래하고 있다.
땀흘린 봄, 아름다운 여름, 결실의 가을, 그리고
아늑한 겨울 이 사계절의 건강한 순환이 행복의 세목들을
달콤하게 채워주고 있다.

그리고 후렴 부분에 가서는 시골생활의 즐거움을
노래하는 많은 이들이 드러내 보이는 도시 컴플렉스를
이 노래 역시 강렬하게 드러내고 있다.

'멋쟁이 높은 빌딩 으시대지만
유행 따라 사는 것도 제멋이지만'
이라고 부러운 심경의 일단을 드러내면서

'반딧불 초가집도 님과 함께면
나는 좋아 나는 좋아 님과 함께면
님과 함께 같이 산다면' 이라고
자기의 신념을 강조한다.

도시의 삭막한 빌딩이 멋쟁이로 보이고 유행의 물결이
'제멋' 처럼 보이는 그 시선은 아직도 도시를 잊지
못하는 마음을 모조리 숨기지는 못한다.
하지만 '님과 함께' 인데 그런 게 문제랴?
물론 조건이야 더 초라하지만, 님과 함께라면 견딜 수
있다는 얘기다.

그리고 이 부분에 오면 나의 오독이 여지없이 드러난다.

남진이 노래부른 그림같은 집이란 호화별장이 절대
아니며, 바로 '반딧불 초가집' 이다.
반딧불이란 깜박거리는 초라하고 가녀린 불이니,
그런 불빛이 담장으로 새어나오는 조그만 초가집을
말한다. 얼마나 아름답고 정겨운가. 그런데도 나는 열심히
고고춤을 추면서 왜 스위스 별장을 생각하고 있었을까?

이 노래는 많은 연인의 노래들이 사랑이란 감정을
노래하는 것에 비해, 이상적 주거방식에 대한 관점을
노래하고 있다는 점에서 특이하다. 물론 그런
노래의 귀결에는 바로 '님과 함께' 라는 조건이 붙기
때문에 여전히 사랑노래이긴 하지만 말이다.
그러나 그 조건을 뜯어본다면 이건 '전원생활' 에 대한
예찬이나 목가적인 동경이라기 보다는, 어쩌면
농촌을 모독하는 노래일 수도 있겠다 싶다.

아무리 힘든 환경이라도 '님과 함께' 라면 행복하다는
메시지를 강조하고 있는 노래라면, 그 힘든 환경의
예로 농촌생활을 들고 있는 것이 아닌가.
물론 그것을 의미하려 하지는 않았을 것이다.
하지만 도시에 대한 동경과, 농촌의 낙후와, 옛 사람들의
귀거래 컴플렉스가 뒤숭숭하게 섞이어 어지러운 꿈으로
나타난 것임에는 틀림없다.
님과 함께가 아니라면 아무리 그림같은 집이고 나발이고,
저 멋쟁이 높은 빌딩 으스대는 도시가 훨씬 좋다는,
이상한 메시지가 비록 그 노래에서 발산되고 있다

하더라도, '님과 함께'는 여전히 우리의 아름다운 꿈을
구성하는 70년대의 유쾌한 배경음악이다.
랩과 어설픈 영어 외마디들이 섞인 요즘의 노래가
절대로 주지 못하는 단조롭고 게으른 생각들의
은둔처이다.

그 노래는 그림같은 집을 내 머릿속에 지어주었고,
또한 세속적인 환경보다는 인간관계와 따뜻한 사랑이
백배 천배 소중한 것임을 세뇌하기에는 충분했던,
내 청춘의 서곡이었기 때문이다.

도둑이야기

도둑의 존재는 소유의 피곤함을 드러내준다.
우린 소유가 피곤하다고 혹은 무소유가 편하다고
입버릇처럼 말은 하지만 실제로는 그 소유를 위하여
날마다 골몰하고 있는 모순에 산다.

도둑은 그런 나의 소유를, 내가 허용하지 않는데도
자신의 소유로 바꾸려는 얄궂은 기도이다.
내가 가진 것을 내가 모르는 새에 몰래 그의 것으로
하려고 하는 이 고얀 움직임은, 그래서 소유를
연장하려고 하는 쪽과 훔치려고 하는 쪽의 긴장이
늘 복선처럼 깔린다.

내 것을 훔쳐내려는 익명의 손에게서 내 것을
장악하려는 나의 손은 꽤나 피곤하다.
내 물건의 모든 것이 나의 통제하에 있는지 수시로
확인해야하고 또 내것을 지키기 위한 경비시스템이
제대로 가동되고 있는지 긴장하지 않을 수 없다.

내 것을 몰래 가져가는 도둑의 행위는 그 행동의

동선(動線)으로만 따진다면 단조롭기 짝이 없는 짓이다.
내가 한눈 파는 사이, 내가 경계의 끈을 늦춘 사이,
그는 나의 것을 훔쳐가는 것이다.

하지만 그런 행위를 상상하고 그것에 대비하는 마음의
예비동작은 한없이 복잡하고 그로테스크하다.
도둑과 주인의 경쟁은, 훔치려는 의지와 지키려는 의지가
사회적인 공조없이 외롭게 부딛치는 상황이어서, 어떤
일이 일어날 지 모르는 위험을 상기시킨다.

갑자기 들킨 도둑이 엉겁결에 무슨 해코지를 할지
모르는 데다, 그가 사전에 도둑질을 꾸밀 때
만약의 상황을 대비해 자구책으로 어떤 흉기를 들고
침입했을 가능성이 농후하기 때문이다.
법이 지켜주지 못하는 상황에서, 마치 짐승의 투쟁과도
같은 치열한 몸싸움의 대결상황이 벌어질 수 있는 것을
전제하고 있기 때문이다.

그런 싸움이란 생각만 해도 끔찍하다.

그래서 도둑이 들어오면 내가 혼내줄테다!하는 심정보다,
차라리 내 집에만은 그 불청객이 찾아주지 말았으면!
하는 이기주의적 요행심이, 보통사람들의 일반정서인 것이
사실이다.

또 도둑에 대한 상상은, 한밤중 부스럭거리는 소리만

들려도 방방이 불을 켜고 누가 들어왔나?를 살피는
고단한 마음의 경계근무를 강요한다. 눈에 불을 켜두고
잠을 자니 그놈의 잠이 제대로 오겠는가?

없는 자는 발뻗고 자고 가진 자는 발 오그리고 잔다는
옛말은 틀렸다. 몇푼 가지지도 못한 나같은 이도
이렇듯 공연한 불안에 떠는 걸 보면,
있는 자는 있는 대로
없는 자는 없는 대로
발 오그리고 잔다고 해야 옳으리라.

또 사실, 도둑이란 게 보면, 부자들이 몰려있는 호사스런
주택가에는 별로 힘을 못쓴다. 거긴 무시무시한 경비
시스템이 24시간 작동하고 있고, 경비견이 눈에 불을 켜고,
들어오는 도둑을 물어뜯으려고 기다리고 있다.
엔간히 통큰 녀석이 아니고는 이런 집의 담을 뛰어넘지는
못한다.

대신 살이에 지치고, 그래서 몇푼 안 되는 살림에 대해
경계의 손을 제대로 뻗치지 못하는 보통인생들이
오글오글 사는 조그만 아파트나 다닥다닥 붙은 달동네
별동네에 밤손님들이 설친다. (그래서 도둑이 들끓는
동네라는 것은 못사는 동네, 슬럼가를 자동으로 가리키는
말이 되었다.)

도둑맞은 추억(?)이야 누구에게나 없지 않으리라.

아내는 처녀때 막내처제와 잠을 자다가 우연히 눈을
떴는데 창문으로 도둑이 들어오고 있더라고 한다.

너무나 놀라고 또 겁에 질려 숨도 못쉬고 바라보고만
있는데, 옆에 누운 처제는 새근새근 잘도 자더란다.
그런데 도둑이 잘못하여 처제의 복숭아뼈 부근을
밟아버린 모양이다. 처제는 잠결에 언니가 잠버릇으로
발을 찬 것으로 생각해, 우씨!!!하면서
발목을 밟은 그 자의 다리를 움켜쥐고 발뒤꿈치로 냅다
들이깠단다.

이 처녀의 돌발행동에 기겁을 한 도둑이 "으으흑"하고
비명을 지르고 방문을 열고 뛰어나갈 때,
숨죽이고 있던 언니가 거의 단말마에 가까운 비명을
질렀고, 그 비명에 놀란 동생이, 소프라노소프라노로
천장이 날아갈 듯이 고함을 질렀다.

그 탁월한 방범효과를 지닌 두 개의 방정맞은 휘슬
덕분에 풋내기 좀도둑을 무사히 쫓을 수 있었다고 한다.

다른 예화도 있다.
어린 시절 그러니까 내가 열여섯 쯤 되었을 때,
할머니가 계속해서 문고리가 달그락거리는 소리에
잠이 깨서 방문을 연 순간, 치마를 입은 여인 하나가,
광이 있는 문의 열쇠를 따고 있는 것을 발견하고
"도도도도도도도도도둑이야!!!!"라고 소리쳤다.

우리 가족이 놀라서 뛰어나왔을 때, 그 도둑은 미처
담을 뛰어넘지 못하고, 화장실이 있는 어두컴컴한 어둠
속으로 도망쳤다. 거긴 막다른 곳이고, 우리가
길을 터주지 않으면 절대로 도망칠 수 없는 장소였다.

어둠컴컴한 곳에 고양이처럼 숨어있는 도둑의 숨소리가
들리는 듯했다. 그때 우리 가족은
아버지는 출타중이어서 안계셨고, 할머니, 어머니와
형님과 누나, 그리고 내가 있었다. 형님은 아직도 자고
있었고, 거기 나온 사람은 여자 셋과 나 하나였다.

주위에선 "저년 잡아라!!!"라고 고함만 지를 뿐 감히
접근하지 못했다. 무슨 무기를 들고 있을지
모르는 데다 절망적인 상황에서 어떤 행동을 할지
몰랐기 때문이다. 아니, 그것보다도 도둑이라는 것이
풍기는 무시무시한 상상같은 것이 그들의 발걸음을
뒤로 당겼으리라.

나도 예외는 아니었다. 우선 뒷종아리 부근이 덜덜덜
떨려 가만히 서있는 데도 웬만한 조깅하는 것보다
더 많은 운동량이었으리라. 하지만 한창 팔팔한
나의 나이와, 남성적인 용기를 과시해야할 시점이라는
것을 깨달았다.

죽기살기로 어둠 속으로 뛰어들었다. 옆에 아무 거나
잡히는 대로 나무 막대기 하나 들고 말이다.

도둑은 내 어깨를 탁 치고 나와 큰채가 있는 뒤뜰로
줄행랑을 치더니 옆집 담을 뛰어넘어 도망쳤다.
어둠 속에 허름한 치마가 도깨비너울처럼 펄럭였다.
마치 팔팔열차를 타고 난 뒤처럼 내 등뒤엔
식은 땀으로 가득 찼다.

또다른 도둑도 있다.
대구에 사시던 형님이 한번은 거실에서 텔레비전을
보고 있는데 안방의 창문이 열리는 듯한 소리가 났다.
형수님이 무심코 그 방문을 열다가,
커다란 덩치의 사내 하나가 창문가에 놓여있던
문갑을 딛고 방안으로 들어서는 것을 보고는
으악!!!!!소리를 질렀다.

형님이 "뭐 뭐 뭐야?" 했더니, 형수님은
두 눈만 껌벅이면서
"도둑아저씨예요"라고 하더라는 것이다.
형님도 놀라 "뭐야? 도둑? 이누무시키가…"라고 마치
해결사처럼 그 방으로 '돌격 앞으로' 하듯 뛰어들어갔단다.
그러나 이미 도둑은 창문을 다시 넘은 뒤였고,
꽁무니만 보았다고 한다.

그런데 이때 형님이 얼떨결에 잡고 뛰어간 무기가
뭐였냐 하면, 조카 녀석의 흰색 토끼인형이었다는 것이다.
그 재봉완구의 귀를 잡고 마치 손오공이 여의봉 휘두르듯
도둑을 잡겠다고 뛰어들었으니, 그 도둑이 거기 남아서

한판 붙으려고 대기하고 있지 않은 것이 천만다행이다.

도둑에 대한 이야기들이 이렇듯 한결같이 일종의
소화(笑話)형식을 띠는 것은 돌발상황에 대처하는 인간의
어이없음과, 두려움에 반응하는 소심한 심리의 노출들
때문이리라. 하지만 현실적으로 도둑이 침입하는 사실은
결코 장난이나 농담이 아니다. 그것은 언제나 섬뜩하고
으스스한 체험이다.

최근 며칠 사이에 우리 아파트에 다섯 집이 도둑을
맞았다. 그들은 우유투입구에다 뭔가를 넣어 보조키와
메인키를 따고 들어와, 중요한 것만을 슬쩍한 뒤
예의바르게도 다시 자물쇠를 잠가주고는 유유히 사라진다
는 것이다.

공교롭게도 아내와 아이들이 시골에 내려가
비어있는 상태라, 나로서는 걱정이 이만저만이 아니다.
어제는 그래서 출근할 때 우유투입구를
잠그려고 보았더니, 그놈의 투입구 잠금장치가 깨져 있다.
도둑 아저씨들이 우리 집을 발견하면 얼마나 해피하랴?

책 몇 권에 냄비 몇 개만 달랑 들고 살던 시절이
이럴 땐 그립다. 도봉산 자락의 거대한 콘크리트덩어리를
호주머니에 넣고 출근할 수도 없는 상황이니, 내 집이
털릴지 안 털릴지는 운명에 맡겨진 상태라고 봐야 옳다.
소유가 짐이고 우환덩어리란 말이 이렇게 실감나는 때는

진작에 없었다.

뿐만 아니다. 도둑에 대한 두려움은 빈집에 대한
자의식같은 것을 더욱 깊게 패이게 한다.
난 혼자다. 고립의 섬에 갇힌 쓸쓸한 가슴에 외로움이
파도되어 포위망을 좁히며 여울져 온다.

젠장.

뭐 훔쳐갈 게 있다고?
그래 가져갈 만큼만 가져가라.
도사님 작대기 흔드는 심정이 된다.
이런 케세라세라밖에
별 뾰족수가
실은 없다.

개구리는 어떻게 죽는가 ♪

살아가면서 뜻밖의 기이한 조우를 통해 세상의 어떤
진실을 들여다볼 때가 있다.

어린 시절 시골은 개구리 천지였다.
봄에서 여름으로 넘어가는 농사철이면 모내기를 위해
받아둔 고운 흙탕물들이 논마다 가득가득 넘쳐흘렀다.
이 노오란 바다 속을 유영하면서 시골의 저녁을
떠들썩하게 하는 놈들이 바로 개구리들이었다.
그 청음(淸音)은 마침 불어오는 5월의 훈풍에 실려와
책을 읽거나 잠을 청하는 나의 귀를
서늘하게 하곤 하였다.

이 합창을 유심히 듣노라면 논에 모여있는
개구리들이 그저 자기 흥대로 우는 게 아니라 어떤
원칙을 가지고 거대한 규모의 오케스트라에
참여하고 있는 게 아닌가 하는 생각이 들기도 했다.
예를 들면 이쪽 100마리는 트리오로 울고 저쪽 200마리는
콰르텟으로 우는데 3중창단의 지휘자와 4중창단의
지휘자가 따로 있어 그들이 서로 교감하여 하나의 거대한

합창곡을 매끄럽게 완성해 나가는 것 같았다.
개 짖는 소리나 사람의 고함소리 같은 그들의 노래를
압도하는 어떤 소리가 들리면 사위는 일순 잠잠해진다.
그 수많은 개구리들이 마치 약속이라도 한 듯 침묵을
지키는 것이다. 수천 수만의 개구리들이 숨을 죽인
긴박한 정적. 그들의 노랫소리에 도전해온 더 큰 소리가
혹시 그들을 위협하거나 덮칠 존재는 아닌지
파악하는 중이리라.

개구리의 울음이 그들이 벌이는 애절한 사랑행위의
일부라는 것을 알게 된 것은 오래 뒤였다. 우는 개구리는
모두 수컷인데, 입 아래 불룩한 턱이나 뺨 주변의
소리주머니(鳴囊)를 씰룩거리면서 운단다. 이들의
악다구니같은 울음은 대체로 암컷을 부르는 소리였다.
가임기(可姙期)의 수줍은 암캐구리들에게 준비된 신랑임을
알리는 우렁찬 존재의 과시였다. 비오기 전에는
기분이 더욱 싱숭생숭해지는지 목청이 한층 요란해진다.

개구리는 그 시절 내게 죽음에 관한 산 교과서였다.
논두렁에 지천으로 뛰어다니던 개구리들 중에서
재수없게도 내 장난끼나 호기심의 사거리 안에 들어와
죽음을 당한 놈만 하더라도 어림잡아 1만 마리는 되지
않을까 싶다. 1만 마리를 죽이다니!
놈들에게는 내가 잔혹한 살귀(殺鬼)이거나 홀로코스트의
주재자(主宰者)임에 틀림없었을 것이다.
생명을 죽인 죄가 염라대왕의 노트에 빼곡이 적힌다는

이야기를 믿는다면 내가 살면서 저지른 중죄 중의 중죄는
바로 개구리 연쇄살해죄이리라.

개구리를 잡는 가장 손쉬운 방법은 강아지풀을
이용하는 방법이다. 강아지풀은 도톰한 씨방을 감싸는
보풀머리를 하고 있었고 길고 가는 줄기가 그 아래에
뻗어있었는데, 그 풀머리 부분에다 침을 잔뜩 묻혀
멍청하게 앉아있는 개구리 앞으로 살금살금 다가가
깐덱깐덱 흔들어대는 것이다.
그러면 개구리 놈은 처음에는 눈을 꿈벅이며 제법
조심스럽게 탐색전을 펼치지만 이내 "이건 내가 좋아하는
맛있는 벌레임에 틀림없어!"하고 결론을 내리고는
덥썩 덤벼든다.
그놈은 날아다니는 곤충을 습격하는 버릇대로 침덩어리
씨방을 긴 혓바닥과 큰 입을 이용해 획 나꿔채는데
나는 이때를 놓치지 않고 잡고있던 풀자루를 빙 돌려
땅바닥으로 패대기친다. 그러면 개구리 놈은
엉겁결에 씨방을 문 채로 공중제비를 한번 돈 뒤에
맨땅으로 곤두박질치게 되는데 이때의 충격으로
즉사하거나 중상을 입는 게 보통이다.

이 개구리잡이는 참으로 짜릿한 쾌감을 주는 놀이였다.
작은 놈들뿐 아니라 억머구리라 불렸던 덩치 큰
개구리들도 이 강아지풀의 유혹에 그리 오래 견디지
못했는데, 그 거구가 땅바닥에 털퍼덕 나자빠져 목숨을
내놓을 때 강아지풀 줄기를 잡은 끝에 지릿하게

전해오는 손맛은 해보지 않은 사람에게는 설명할 수
없는 흥분이 아닐까 한다.

개구리를 잡는 다른 방법도 있었다. 대나무의 끝을
삼지창처럼 세 가닥으로 갈라 벌려 거기다 굵은 철사로
고정하여 채를 만든다. 이 저격용 채는 무자비한
살상도구로 눈에 띄는 개구리는 이 날렵한 무기로부터
절대로 도망치지 못한다. 이제 조금만 더 다가오면
도망가야지!하는 포즈로 궁뎅이를 들썩거리며
도주 시기를 고민하는 개구리에게 이 대나무덫은
번갯불보다 더 빠르게 등짝을 후려쳐 불안하던 생애를
끝장나게 만드는 공포의 저승사자다.

개구리를 죽이던 순간은 참 기분이 묘했다.
금방 살아서 눈을 디룩이던 놈이 벌렁 나자빠져 혀를
내밀고 있거나 눈을 까뒤집고 있는 모양은 지금까지
그의 몸 속에 그를 지탱하고 있던 무언가의 실종을
웅변해주는 강렬한 징후였다.
앞다리를 바르르 떠는 놈, 내장이 파열되어 금방
잡아먹은 듯한 벌레 따위가 얼마쯤 소화된 채 함께 비칙
나와있는 모양을 바라보노라면 이 작고 죄 없는 동물이
이토록 갑자기 자기 생명을 잃고 무생물로 변해버리는
것에 대한 두려움이 다가왔다. 그를 이렇게 쉽게
죽여도 되는가 하는 죄의식도 함께 밀려왔다.

그러나 그 죄의식은 아주 잠깐 뿐이었다. 금방

장난기를 회복한 나는 다시 그 죽음의 유희를 찾아
논두렁을 어슬렁거렸고 금방 또 다른 놈이 자신의 운명을
눈치채지 못한 채 내 발 앞에 부복한 채 명상을 즐기고
있었다. 물론 이런 개구리사냥이 단순한 취미나 장난만은
아니었다. 당시 시골엔 닭 사료 대신 개구리를 쓰는 곳이
많았던지라 개구리를 한 깡통 잡아주면 10원씩을 받을 수
있었다. 어디에 이런 괜찮은 돈벌이가 있었겠는가?
10원이면 눈깔사탕이 몇 개인가? 그까짓 아리송한
죄책감 따위는 눈깔사탕의 단꿈에 바꿔먹고 눈앞에 뛰는
개구리들을 마구 후려쳤던 것이다.

어느 날 내가 그 개구리들을 본 것은 뒷동산에 파놓은
한 구덩이 속에서였다. 가로 세로 높이 약 1평방미터
정도로 파놓은 정방형의 구덩이 속에는
전날 쏟아진 빗물이 아직 빠져나가지 않아 찰랑찰랑하게
고여있었다. 그 구덩이는 농부들이 쓰고 난 농약병을
묻기 위해 파놓은 것으로 이 숲만 해도 이런 구덩이가
여러 개 있었다.

구덩이 속에는 50마리 정도는 되는 개구리가 갇혀 있었다.
가만히 보니 자의로 동거하고 있는 것 같지는 않고
어쩌다 실족하여 이 구덩이로 추락한 뒤 빠져나갈 방도를
찾지 못해 운명을 같이하게 된 모양이었다.

그 구덩이는 개구리의 지옥이었다. 그들이 비명을 지를 수
있었더라면 1평방미터 속은 아비규환 자체였으리라.

찰랑거리는 물 위에 이미 뒤집어진 채 흰 배를 드러내고
죽은 놈들에서부터 눈을 홉뜨고 이제 막 죽어가는 놈들과
기력을 잃었는지 물컹한 눈꺼풀을 껌벅이며
미동도 않는 놈에 이르기까지, 훅 콧속에 끼쳐오는 죽음의
악취가 나를 메스껍게 하였다.

더 유심히 살펴보았더니 개구리들의 움직임이
각양각색이다. 이제 막 빠진 듯한 녀석은 이 돌연한
감옥을 견딜 수 없다는 듯이 흙탕물을 첨벙거리며 죽은
놈을 딛고서서 호기 있게 점프를 시도한다.
속이 끓어서 참을 수 없다는 듯이 흙벽에 헤딩하며
껑충껑충 뛰어다닌다.

한 며칠 이 지옥생활을 거친 또다른 놈은
치밀하게 전략을 짜는 쪽이다.
걸음걸이도 신중해졌고 암벽타기를 하듯 조심스럽게
벽을 기어오른다. 그러나 벽이 너무 높고 축축해서
반쯤 오르다가는 미끄러지고 만다.
그러나 그는 포기하지 않고 다시 벽쪽을 빙빙 돌면서
탈옥을 모색한다.

그보다 좀더 감방을 산 놈들은 두세 놈씩 모여 기대고
있다. 뭔가 숙의를 하는 것 같기도 하지만 불안감과
외로움을 무리의 스킨십으로 덜어보려는 몸짓 같다.
이제 이 황당한 감옥을 그들의 운명 속으로 접수하기로
작정했는지 도주를 꿈꾸는 것 같지 않다. 다만 묵직하게

몸을 움직이며 어슬렁거림으로써 아직도 살아있음을
확인시킨다.

그런데 한 구석에 앉아 꼼짝 않는 제법 큼직한 개구리가
있었다. 저 놈은 뭐야? 죽었나?
면벽한 채 눈은 뜨고 있다.
뭐하는 거야? 마치 좌선하는 선승 같다.
개구리가 도통이라도 했단 말인가?
호기심이 불쑥 일었다. 구덩이 주위의 꼬챙이를 하나 집어
그 놈의 눈 주위를 슬쩍 건드려봤다. 눈만 살풋 꿈뻑
하더니 꼼짝 않는다. 제법 아프다 싶게 건드린 뒤에야
놈은 아주 귀찮다는 듯이 고개를 뒤틀어
꼬챙이를 밀어내고는 반쯤 개안했던 눈꺼풀을 아예
실눈으로 감아버린다. 꼬챙이로 마구마구 간질이자 놈은
내키지 않는다는 듯이 엉금엉금 발을 떼어
자리를 옮긴다. 그리고는 아까의 복지부동으로 돌아간다.

오랜 굶주림 탓일까? 움직일 기력조차도 잃었을까?
물론 그럴지도 모른다. 그러나 내겐 그놈의 행동거지가
아주 특별하게 보이기 시작했다.

녀석은 나름대로 절망을 몸으로 껴안고 있는 게 아닐까?
구덩이에 빠진지 얼마 안 되었을 때 녀석도 다른 놈들처럼
졸지에 닥친 불운을 참지 못하여 팔딱팔딱 뛰면서
안달했을 것이다. 혹은 영악스럽게 탈출도
시도해봤을 것이다. 그러나 그런 것들이 무위로

돌아갔을 때 비로소 깨달았을 것이다.

나는 이 구덩이에서 나갈 수 없다!
내 운명은 이 구덩이에서 끝나게 되어 있다. 이 구덩이는
나의 운명이다. 내게 주어진 삶의 마지막 그릇이다.
그러니 이 삶을 거부하겠다고 설치고 안달하는 것은
공연한 힘빼기일 뿐이다. 힘을 낭비하는 것은 내가 살아갈
날을 줄이는 어리석음일 뿐 아닌가?
난 나갈 수 없다.

절망이 왔을 때, 녀석은 가장 효율적인 생존의 방식을
터득하기 시작했다. 절망이 왔을 때 녀석은 그 동안
자신을 유지해오던 생존의 룰들을 모두 버렸다.
치기와 욕망과 흥분과 희망을 모두 내려놓았다. 이 좁은
공간이야말로 그가 담담히 받아들여야할 생애의
바닥임을 깨달았다.

절망의 와생관(蛙生觀).
내 눈엔 그렇게 보였다.

절망이 가르쳐준 해탈.
움직이지 않는 생중사(生中死) 사중생(死中生)의 자아몰각.
저 느릿느릿한 장자의 정신영역.
나는 경건한 느낌이 들었다.

그는 지금 죽음과도 같은 정지 속에서 침묵 속에서

그의 삶의 모든 것을 합한 것보다 더 광대한
사유의 지평을 펼치고 있을까?
그리고 그는 죽어가리라. 저 썩어가는 좁은 지옥 속에서
그는 그가 살았던 논바닥보다도 더 넓은 광대한 깨달음을
건져내면서 적멸하리라.

나는 어떤 개구리도 그 1미터의 지옥 속에서 건져주지
않았다. 그런 값싼 자선이 개구리의 운명을 바꿀 수
없으며 바꿔서도 안 된다는 생각이 들었다.
저 개구리의 화두(話頭)에서 나 또한 어쩌면 한 치도 더
나아가 있지 못한 생이 아닌가?

나는 득도(得道)의 정저지와(井底之蛙)에 고개를 숙이며,
구덩이를 지나갔다.

48폭 동양화

많은 사람들이 그렇게 부르기 때문에 나도 그렇게
부른다는 변명은 결코 면죄부가 되지 않을 것이다.
이 '동양화' 란 표현도 마찬가지리라.
화투라고 부르는 마흔 여덟장의 놀이기구에 그려진
그림을, 동양화라 호칭하는 것은 일반적인 우스개이긴
하지만, 진짜 동양화에 애정을 가진 사람들의
시각으로 보자면 참으로 모욕적인 언사일 수
있기 때문이다.

하지만 변변찮은 변명을 계속해보자면,
화투 속의 그림들은 참으로 동양의 사상(?)을 드러내는
많은 사물들과 동식물들이 상징과 간결성을 유지한 채
포진하고 있다는 점에서, '동양의 그림' 이란 뜻의
동양화란 호칭이 그리 빗나가 보이지는 않는다.

그러나 우리는 화투짝의 희비에 함몰되어
그 그림들을 유심히 볼 겨를이 없었는지도 모른다.
10원 짜리에서부터 만원 짜리에 이르기까지 현금이
왔다갔다 하는 이 긴장된 놀이의 룰과 득실에

신경을 쓰다보니, 그 그림들의 모양새는 오히려
눈에서 벗어나 마치 무의식에 찍어놓은 필름처럼
하나의 이미지로 굳어져 있을 뿐이다.

옛날 C일보에서 야근하던 시절,
나도 이 화투놀이에 취했었다.
점당 100원 짜리 고스톱이었는데, 화투판에서 일어설
무렵, 동료들의 100원 동전을 모조리 수거한 듯,
호주머니 속에 묵직한 동전들이 쩔렁거릴 때
무한한 쾌감을 느끼기도 했다.
반대의 경우도 많았다. 영 패가 안풀려 처음부터
끝까지 선 한번 못잡아보고 돈 내는 기계처럼
지갑을 연신 들었다놨다 하던 밤, 나는 마치
세상의 모든 즐거움을 잃어버린 가련한 탕자모양
우거지상을 하고 집으로 돌아오기곤 했다.
그래 봤자 잃은 돈은 만원 내외였을 텐데 말이다.

화투놀이가 우리에게 선물하는 것은,
돈의 액수에 별 상관없이 우리의 호승심을 자극하고
그리하여 우리를 놀이의 긴장감 속에 빠져들도록
하는 것이다.
10원 짜리 고스톱을 치는 양로원 노인들의
화투판에서도 실랑이와 고함은 오간다.
이런 놀이의 긴장이 계속되다 보면 처음에 벗으로
시작한 화투판의 앞옆자리는 이제 철천지 원수이거나
내 돈을 노리는 도둑으로 변한다.

나는 그들을 응징하고 그들에게서 내 재산을
보호해야 하는 절대절명의 사명을 지닌,
투사로 변한다.
화투판이 우리에게 가르치는 것은, 인간이 얼마나
사소한 호승심에 이성을 잃을 수 있으며,
우리가 쌓아온 도덕이나 인격, 그리고
자랑스럽게 생각하는 자제력등이 얼마나 쉽게
무너질 수 있는지에 대한 성찰이다.
우리의 내부에 서식하는, 욕심이라는 마음의 뿌리가
어디에 있는지를 보여주기도 한다.
그것은 남보다 내가 좀더 많이 갖자는 것이며,
그러한 의식의 노력은, 남의 것을 결국 빼앗아 스스로의
것을 불리는 제로섬 게임의 생존경쟁이다.
그런 점에서 화투는 참으로 자본주의를 닮았다.

화투는 우리말로 풀어쓴다면 꽃싸움(花鬪)쯤 되리라.
참 아름다운 이름이 아닌가. 어느 애국자는
이 화투란 게임이 우리나라 고유의 위대한 놀이라고
주장하기도 하지만, 그의 주장을 빌려와 나도
애국자 노릇을 할 생각은 없다.
그러기에는 게임의 용어들이 너무 많은 일본어로
되어있고, 또한 일본의 하나후다(花札)와 너무 비슷하기
때문이다. 다만 하나후다는 우리의 11월인 오동이
12월로 되어있고 우리의 비가 11월로 되어 있는 것이
다르다.
그 정도 차이를 가지고 독창성을 운위하기는 좀

주장이 옹색해보이고, 또한 놀이가 생겨난 선후를 따져
우리가 조상이라고 굳이 주장하는 것이 별로
애국적으로 보이지는 않는다.

다만 우리 국민들이 셋만 모이면 벌인다는 고스톱이,
국회의원들조차 의정은 잠시 접어두고 짬만 나면
벌인다는 고스톱이, 혹은 그 살벌하다는 북한에서조차
삼삼오오 고와 스톱을 외친다는 고스톱이, 하필
일본이란 나라의 제품이라는 것이 찜찜하여
그런 주장들이 나오는 것이리라.

어쨌든 좋다.
나는 지금 화투의 유래나 화투 게임의 실태와 현황을
취재하는 기자가 아니라, 그냥 내가 무심코 보아온
화투짝 속에 도대체 이떤 그림들이 그려저 있는가에 내한
관심들을 풀어보고자 하는 것이니, 이런들 어떠하며
저런들 어떠하리?

화투짝들은 나의 학문(?)에 실질적인
도움을 주기도 했다.
1월부터 12월까지로 되어있는 4짝씩의 패들은, 실제로
그 달에 활짝 피는 꽃이나 특징적인 자연현상들을
상징하고 있다.
1월엔 별로 꽃들이 없으니, 송화(松花)가 등장하고,
2월엔 매화, 3월엔 벚꽃, 4월엔 등꽃, 5월엔 난초, 6월엔
모란, 7월엔 싸리꽃, 8월은 대보름 두둥실 떠오르는

월화(月花), 9월은 국화, 10월엔 꽃보다 아름다운
만산홍엽(萬山紅葉),
11월엔 오동나무 위에 떠오른 별빛, 12월엔 붉은 옷을
입은 해어화(解語花)가 그려져 있다.

그러니 자연 시간에 난초가 언제 피는 꽃이더라? 혹은
미당의 '국화 옆에서'가 계절적 배경이 어떻게 되지?
하는 질문에 당당히 대답할 수 있는 것이다.
그런데 이런 와중에도 약간 헷갈리는 것이
12월의 비〔雨〕이다.
물론 일본 하나후다에는 11월의 궂은 비이겠으나,
우리의 화투에는 멋진 설화(雪花)가 그려졌으면
좋았겠는데,
한겨울에 우중충하게 내리는 찬비로
이 48폭 동양화의 끝을 장식하는 것이
왠지 못마땅하다.

화투를 들여다 보면 새와 짐승들이 제법 많다.
1월엔 붉은 머리를 한 학이 검은 솔 사이에서 태양을
향해 부리를 들이대고 있다.
2월엔 매화나무 가지에 녹색의 깃털과 노오란 가슴을
지닌 파랑새 한 마리가 붉은 구름을 배경으로 앉아 있다.
4월엔 종달새 한 마리가 거꾸로 날아 오르고 있다.
6월엔 모란 주위에 노랑나비 두 마리가
더듬이를 세우고 날아들고 있다.
7월엔 잘생긴 멧돼지 한 마리가 앞다리를 꼬고

싸리숲 사이에 앉아 쉬고 있다.
8월엔 산 위로 세 마리의 철새가 날아가는데 아무래도
기러기처럼 보인다.
맨 아래에 나는 놈이 대장인 모양으로 몸이 더 붉다.
10월엔 단풍이 알록달록한 나무 아래서 사슴이
고개를 돌리고 나뭇잎들을 구경하고 있다.
11월엔 놀랍게도 목이 잘린 듯한 봉황이 한 마리 있다.
그런데 유심히 보면 윗쪽의 밤인 듯한 검은 하늘
아래 붉은 깃이 언뜻언뜻 보이는 것을 보니
몸집을 생략하여 그 신성함을 강조한 것 같아 보인다.
12월엔 해어화 여인 옆에 개구리 한마리가
앙증맞은 궁둥이를 하며 뛰어가고 있고, 열각 짜리엔
제비인 듯한 새가 빗속을 날아오르고 있다.

이렇게 새들이 많으니,
다섯 마리 새를 잡자는 고도리(五鳥)게임이 등장한
모양이다.

화투에는 참으로 많은 묘한 상징들이 숨어있다.
특히 11월의 오동은 참 특이한 그림이다. 화투패엔
두 종류의 밤이 나오는데,
8월의 명월(明月)이 만공산한 밤과,
11월의 별빛만 초롱한 깜깜한 밤이다.
오동나무에 봉황이 깃든다는 것은 동양적인 사유의
한 전형이다.
아주 검게 표현된 오동나무 잎 위로 날아든 봉황의 눈은 흡사 인간의 눈을 하고 있다.

오동의 4패를 가로로 맞춰 놓아보면 거기에는 놀랍게도
일곱개의 별이 이윽고 제자리를 찾은 듯이 반짝이는데,
그것은 북두칠성이다.
이 푸른 북두칠성은 그 상서로움이 봉황에 못지않은
뛰어난 신물(神物)이었기도 하다.
절마다 뒷간 쯤에 모시고 있는 칠성각은 바로 이 일곱별
신을 모신 사당이며, 김유신이나 안중근의 등에 새겨진ㆍ
일곱 사마귀도 바로 이 같은 북두칠성의 서기(瑞氣)를
드러내는 엄청난 암시가 아니었던가.
12월도 특이한데, 왜 하필
인간의 대표선수로,
노는 여자〔娼〕임에 분명한 해어화가
교태스럽게 우산을 쓰고 시냇가를 거니는 장면을
포착하였을까.
어쨌든 자연에서 인간의 마을로
내려온 느낌이 드는 것이 바로 12월이다.
바로 아랫그림에는 인간의 벗인 제비도 노닐고
있지 않은가.

그런데 도무지 이해판독이 불가능한 것이 바로
12월의 쪽지인 비판대기이다.
이놈은 도대체 무슨 그림인지 모르겠다.
곰곰이 보니 어느 대감댁의 솟을 대문같기도 하다.
붉은 무늬들은 인간의 건축물들 같기도 하다.

화투의 마지막 장에 이렇게 사람 동네를 그려놓은 것은
어떤 의미일까.

이따금씩 쥐어 보곤 하는 화투패지만 새삼 들여다보니
묘하기도 한 것이 무슨 오의라도 들어 있나 싶다.

공자가 비아그라를 드셨을 때

옛어른들이 심혈을 기울여, 우리 같은 무지몽매자를
위하여 펴놓은 책에 대하여 함부로 이러쿵저러쿵하는
것은 괘씸죄에 해당함이 틀림없다.

돌아가신 공자 어른이 보면 허허, 저 녀석
고얀 놈이로고,
하고 수염 쓰다듬으시며 돌아앉으실 일일 테고,
나 스스로의 소셜 포지션을 고려하더라도
안 하는 것이 좋을 것이다.

하지만 이 모든 불리를 무릅쓰고, 꼭이 공자님에게
비아그라를 잡수시게 해야 하는 까닭은,

한자투성이의 옛 지혜를 돌아보기 두려워하는 한맹(漢盲)
세대들에게 우리 고전의 포용성과 가소성(可塑性)을
보여주면서, 유쾌한 발상의 전환을 경험하게 하려는
가소로운 시도이겠다.

언젠가 예수의 성생활을 다룬 영화가 수입심의를 통과해

종교계의 씩씩거리는 콧김을 맞은 것도,
감히 성자를 모욕하다니, 하는 전통적인 엄숙주의와
성자도 인간이다, 라는 관점의 새로운 성찰들이
맞부딪치고 있는 현장이다.

하기야, 예수가 뭇 인간들처럼 수상한 이불밑 수작으로
태어나지 않았음을 성서는 아주 강조하고 있긴 하다.
그의 생부는 과연 어떤 심정이었을지 모르겠지만,
어쨌든 그는 별 짓도 하지 않았는데
얄궂게도 하늘에서 수태고지를 받았고, 그 뒤에
아기를 갖게 되었다.
당신이 남편이었다면 기분 좋았겠는가?

그 윗대부터 이렇게 아리송한 상황이니,
예수의 밤에 대한 묘사가 허용될 리 없다.
그러니 '예수의 마지막 유혹'이란 영화는, 우리가
지상에서 숨쉬다간 모든 사내와 여인들을 벗기고
씩씩거리게 하였더라도 꼭 남겨둬야 했을
성스런 마지막 남자인지도 모를 사람을 훌렁
벗겨버린 것이다.
허허, 참으로 고약한 자들이 아닐 수 없다.

파란 눈의 양귀(洋鬼)들이야 어쨌든 간에 우리의
공 선생님 애기로 돌아가자.
공자가 성생활에 어떤 콤플렉스를 가졌다는 증거는
어디에도 없는 만큼 이 추론들은 한없이 어리석은

후생의 보잘것없는 상상력의 산물임을
전제하지 않을 수 없다.
공자는 논어 위정편 제 6장 1절에서 이렇게
말씀하셨다.

나는 열하고도 다섯 살에
배움에 대한 뜻을 두어,
삼십에 세웠으며,
사십에는 의심이 없게 되었고,
오십엔 하늘의 뜻을 알았으며,
육십엔 귀가 순해지고,
칠십엔 내 마음대로 해도
벗어남이 없었다.

吾十有五
而志于學
三十而立
四十而不惑
五十而知天命
六十而耳順
七十而從心所欲不踰矩

이 구절은 너무나 유명하여 새삼 설명이 필요없는
공자 말씀 1번지이기도 하다. 아예 사람들은
공자님의 이 말씀을 보통명사화하여
열다섯살은 지우학

삼십은 이립
사십은 불혹
오십은 지천명
육십은 이순
칠십은 불유구라고 일컬어,
성현의 깊은 뜻을 일상 속에 우러나게 하고
있기도 하다.
이 글이 위정(爲政)편에 있고, 또한 첫 구절에 분명히
'학문에 뜻을 둠 '이라고 못박고 있어서 다른 해석을
끌어대기에는 무리가 있어 보이지만, 어쩐지
내게는 이 같은 구절들이 공자가 자기의
성생활을 고백하고 있는 듯한 느낌을 지울 수 없다.

열다섯 살에 배우기 시작하였다는 것은, 아마도
그 무렵 어느 날 밤엔가
느닷없는 몽정을 하고
황당한 매스터베이션을 경험한 게 아니었을까.
배움이란, 그전까지는 꿈꾸지 못했던
성적인 일락에 대한 개안(開眼)을
의미하는 것은 아니었던가.
그때부터 공 선생님은 남몰래 손빨래에 뜻을 두어
고통스런 열정의 밤들을 보냈던 건 아니었을까.

퇴계 선생이나, 고산 윤선도 등에서 보듯
학문을 좋아하는 사람들 중에도 유난히 성을 밝히고
애욕에 몸부림치던 분들이 적지 않았으니,

공 선생님이라고 그런 부끄러운 짓을 하지 않았으리란
보장도 없다.

옛사람들이 유독 신독(愼獨)을 강조하는 것도 수상하다.
혼자 있을 때 도대체 무슨 생각을 하였기에,
혹은 무슨 짓을 하였기에, 입만 떼면,
홀로 있음을 경계하라고 외쳤을까.
혹시 아무도 보지 않는 방에 혼자 앉아 얼굴도 떠오르지
않는 이쁜 낭자를 그리워하며 자기의 신체 일부를
하릴없이 괴롭히고 있었던 것은 아닐까.

어쨌든 공 선생님의 그런 성생활의 시작은
무척 오랜 공백기간을 갖는다.
겨우 삼십에야 기립하였다? 이게 무슨 말인가.
십오 년 동안이나 홀로 용두질하여 겨우 서른에야
세웠단 말인가.
저 비아그라란 파란 알약 한 알이면 일분 만에 후다닥
일어서는 기적을 알 리 없는 저 옛날의 느린 아저씨는
십오 년의 공을 들여 이윽고 다리밑 텐트를 쳤단 얘긴가.

이거야말로 해석이 안 되는 부분이다.
여기엔 서다〔立〕라는 것에 대한 신중한 검토가 필요하다.
서다라는 것은 영어로 rise와 stand의 두 가지 의미를
다 포함하는 말이다.
rise란 발기란 의미를 포함하고 있으며, stand란 말은
그것을 지탱하는 것을 의미한다.

참고 견디고 꿋꿋이 죽지 않고 서있는 상태, 그것이
stand이다.

즉 공자의 삼십이립은,
서른이 되어서야 제대로 서있을 수 있게 되었다,
그러니까 그전의 경망스럽고 금방 죽어버리던
그런 기립과는 다른, 서있음의 절정이
이윽고 서른에야 달성이 되었다는 얘기겠다.
이 말은 돌리자면 진정한 섹스를 깨달은 시점을
서른으로 잡았다는 얘기다.

사십의 불혹은 뭔 얘긴가?
서른의 기립은 신체적인 문제가 해결되었다는
뜻이었고, 아직도 여전히
정신적인 환경에 따라 여의치 않을 때도 없시 않았나.
즉 상대가 누구이냐에 따라서, 혹은 그날 컨디션이
어떠하냐에 따라서 그것이 잘 안될 때도 있었다.
그런데 마흔이 되고 보니 이제
도사가 된 것이다.
어떤 상황 어떤 어려움에도 굴하지 않고 마치
불도저처럼 밀어부칠 수 있는
불혹의 경지를 터득한 것이다.
와우, 공자님이 정말 그랬단 말인가. 아니면,
자신은 비록 그렇지 못하지만 무릇 사내라면 그 정도는
돼야지, 하는
먹물다운 과장법이란 말인가.

오십부터는 체념하는 법을 가르치신다.
하늘이 명하는 것을 알라는 것은,
이제 너도 몸이 쇠하여 가니
너무 끝까지만 가려 하지 말고,
적당히 즐기고는 멈춰서라는 얘기다.
그것이 너의 능력부족이 아니라, 신의 섭리니 너무 무리
하지 말라는 말이리라.
하기야,
아랍의 어느 국가에서는
비아그라를 먹는 것은,
노인은 그것을 그만 하라고 하는 신의 뜻에
도전하는 불경한 행위라 하여 수입을 금지하고 있다하니
그들이 언제 공자의 이 말씀을 들었단 말인가?
육십의 이순은 귀가 순해진다는 뜻이니,
우리가 거북머리(龜頭)라고 부르는 물건의 상태를
뜻하는 것 같다.
이제 몸은 가라앉고 욕망은 고개를 숙였다. 아니
몸만이 가라앉고 욕망은 고개를 숙이지 않은 상태이다.
그러니 너희들은 이제 마음을 부드럽게 가지고
너희 몸의 상태에 순응하여 마음을 죽여나가라는
뜻으로 이 말을 남긴 것일까.
아니면 나는 이 나이에 이미 아랫도리도
아랫도리에 연결되어있는 마음의 발기도 순하여졌으니,
너희들은 이를 모범으로 삼으라,는 뜻이었을까.

아아, 공자님의 하초(下草) 수행은 이제 한 경지를

이룬다. 아니, 한 경지의 벼랑에서 마지막 말을 준비한다.
종심(從心)과 소욕(所欲)이란 표현은
우리가 '꼴리는 대로'라고 말하는 속된 표현과
무척이나 닮아있다.
공 선생님은 칠십에 이르러 마침내
이런 표현을 쓰고 있다.
아무리 마음이 쏠리는 대로
욕망이 꼴리는 대로 하고자 하여도
잣대를 넘지 않느니라.

아아, 나이가 들어보니 이렇듯 자연히 하늘이
도(道)의 몸을 만들어주는 것을,
무엇하러 나는 열다섯 살부터
그 헛된 애욕에 몸부림쳤단 말인가, 하는
뒤늦은 깨달음이 이 마지막 구절에 메아리치고 있다.
이윽고 관의(棺衣)를 입을 나이가 되고 보니,
이제 욕망의 바탕이 보인다. 욕망을 부추기던
몸의 사특한 피돌기가 보이기 시작한다. 그러나
그 욕망의 죽음 앞에서 나는 큰 진리는 깨달았지만
왠지 슬프다.
이것이야말로 인간을 순치하는 엄청난 하늘의 섭리,
그것의 횡포가 아닌가. 그 회의가
종심소욕불유구에 담겨있다.

나이에 대한 공자의 생각은,
삶의 과정을 바라보는 옛 눈들을 대표하는 생각들이다.

결국 삼십에도 세우지 못했던 아랫도리의 슬픔들,
사십에도 여전히 조마조마했던 미혹의 섹스,
오십까지도 억제하지 못했던 욕망의 끝자락,
육십에도 결코 순해지지 않던 몸의 노래,
칠십에 와서 비로소 고개를 숙인 한 뼘의 물건 앞에서
공자는 엉뚱하게도 학문을 들먹이며
이 구절을 읊었을까?

혹시 그 시절에 비아그라가 나타났더라면,
순서를 확 바꾸어,
열다섯에 종심소욕,
삼십에 이순,
삼십오세에 비아그라,
사십에 지천명하고,
사십오세에 비아그라,
오십에 불혹하여,
오십오세에 비아그라,
육십에 이윽고 이립,
칠십에 드디어 한 배움을 터득하는, 힘차고 당당한
성교(性敎)의 길을 열어주었을까.

예나 지금이나 봄은 다시 오지만
회춘(回春)은 여전히 무망의 꿈임을
저 드라마틱한 공자의 성애관(性愛觀)에서 얼핏 엿본다.

가슴띠에 관한 명상

이상하다.
팬티라는 말이 야하긴 하지만
브래지어란 말보다는 덜 부끄럽다.

거시기를 가리는 팬티가 저시기를 가리는 브래지어보다
더 부끄러운 게 당연할 것 같은데, 얄궂게도
가리는 물건만은, 왠지 윗 물건이 더 야리꾸리해 보인다.
그건 뭐랄까, 아래가림은 남녀 공통적인 깃이지민
윗가림은 여성 고유의 것이고 거기다 다 큰 여성만이
그런 가림을 한다는 착용대상의 특성을 반영한 것
같기도 하다.
그러니까, 브래지어 하면 바로 성숙한 여성의 야한
어떤 부분이 떠오르고, 그것이 성적인 연상과 이어지기
쉽기 때문에 그것을 말하는 느낌이 왠지 쑥스럽고
객관적인 마음의 위치를 놓치기 쉬운가 보다.

어쨌든 그거 자꾸 부르기 민망하니, 우리말로 가끔 쓰는
가슴띠라는 말로 얼버무리기로 하자. 얼버무린다는
표현은, '띠'라는 표현이 그 대상을 지칭하는 적확함을

확보하고 있지는 못하다는 뜻이다.
그건, 사실 뒷부분은 띠 비스무리하게 생겼지만,
앞에서 보면 전혀 띠가 아니며 요즘은 아예 뒷부분이
생략된 것도 있어, 띠라고 부르기엔 무리가 따르는 것도
많다.

오히려 다소 천박한 말이 되어버렸지만, 그 가리는 대상을
구체적으로 적시(?)한, 젖마개, 젖가리개등의 구어가
더 리얼하고 구체적이며 틀림이 없다.
하지만 야한 부분을 가리키는 말은, 언제나 요리조리
피하고 적당히 엉거주춤 가리키는 표현법을 따르기
일쑤이므로(그것을 완곡어법 혹은 euphemism이라고 한다).
젖은, '가슴'이라는 두루뭉수리한 부위를 가리키는
표현으로 바뀌고, 마개나 가리개는, '띠'라는 생색만 낸
표현으로 둔갑한다. 그래서 생긴 말인 '가슴띠'는
무엇보다 은근해서, 내숭스런 사람들의 마음에
드는 모양이다.

여자에게 가슴이란, 뿌듯한 자부심이 되기도 하고,
어떤 경우는 평생을 따라다니는 무시무시한
콤플렉스가 되기도 한다.
가슴이란 물건도 신체의 다른 부위와 다를 바 없어서,
사람마다 천차만별의 사이즈와 형태를 지니는 모양이다.
그래서 어떤 여성에게, "당신 가슴 절벽이군!"이라고
내뱉는 직설은, 그 여성의 가슴을 진짜 절벽에서
뛰어내리고 싶도록 만드는 극언이 되기도 한다.

물론 젖소부인이나, 안소영씨 같은 경우야,
그 물건 때문에 세상에서 존재가치를 휘날린 경우이니,
가슴으로만 따지자면, 아까 절벽의 심정과
정반대 위치에 있을지도 모르겠다.

이런, 사이즈에 따른 곡절이, 가슴띠를 조작하려는
여심(女心)과 상술(商術)을 부추긴다. 가슴이 빈약한
사람에게 그것을 크게 보이려고 하는 가짜가슴띠가
다양하게 나오는 모양이다.
그것을 외국에선 falsie라고 하는데, 우리말로는
어찌 말하는 지 모르겠다.
아마 '헛가슴' 정도가 정확한 말일 듯 싶은데 말이다.

그런데 이렇게 속임수를 써서까지 그것을 크게 보이려
하는 것은, 상당한 이유가 있어 보이기도 한다.
가슴이란 여성관능의 제1관문이기 때문이다.
더 위쪽으로 살펴보노라면, 반짝이는 눈과 숨소리 들리는
코와 촉촉한 입술과 예쁘게 쫑긋 선 귀와 서늘한 목의
선 등이 있긴 하나, 가슴이 자아낼 수 있는 도발의 효과를
따라가기는 아마도 역부족이리라.

그만큼 남성들의 시선이 여성의 그곳에 머물면서
눈부셔 하기 때문이다. 왜 그런지는 잘 모른다.
그 가슴띠 안에 들어있는 것이, 성적인 결합을 하는 데
필수적인 것도 아니며, 그렇다고 해서, 남자와 크게
달라서 상상력을 자극하거나, 복잡해서 마음의 회로를

얽히게 하는 뭔가도 없다.

그 안에는,
캘리포니아산 건포도에서 거봉포도까지라 할 수 있는
다양한 종류의 꼭지와, 그 꼭지를 예쁘게
받쳐올린 꽃판이 입술색깔 비스무리하게 돋을새김되어
있고, 그 아랜 뿌연 빛의 민둥산이 두개의 봉우리를
이루고 있을 뿐 아닌가.

그거 상상하는 거 별로 힘들일 필요 없다.
어릴 때 엄마 것 많이 봤고, 그 감촉과 그 체온과
그 아련한 냄새가 마음의 저장고에 평생 보관
되어 있기 때문이다. 남자인 내 것과도 별로 다를 바 없다.
사이즈에 약간 차이가 있긴 하겠으나,
형태나 윤곽이나, 아름다움의 정도 등에서 우열을
가리는 것은 어려운 문제다.

그런데 왜, 여성의 그것만 보면 눈이 부셔서 얼른 돌리게
되고, 황홀한 잔상이 따뜻한 그리움처럼 남게되는지
도대체 알 수 없다.
거울 속에 있는 내 것은 암만 봐도 재미없는데 말이다.
그것은 아무래도 유아시절의 내적인 결핍을 보완하려는
욕구가 작용하는 것 같다.
인간이란 젖을 떼면서, 혹은 동생과 젖 교대를 하면서,
엄마에게서 바로 자양분을 얻어내던, 그 시절의 편안함과
따뜻함과 흐뭇함을 잊지 못한다.

그 엄마의 가슴을 그리워하는 마음이,
늙어버린 엄마 대신에 다른 젊은 가슴으로 전이되는 것이
아닌가 싶다.
그 다른 가슴이란, 유년의 따사로움을 상기시키는
황홀한 추억이다.
그 가슴에 얼굴을 묻고, 아기처럼 젖을 물고 잠들고 싶은
마음, 그것이 성욕의 첫 감정이 아닐까 싶기도 하다.

그래서 가슴이 중요해지는 것이다.
그래서 그 가슴을 덮고 있는, 이 신비한 마법의 띠마저,
한없이 아름답고 귀해 보이는 것이다.
고교시절, 하얀 여고생의 교복 뒤로 비치는, 그 흰색의
띠를 훔쳐보며, 얼마나 흥분하고 숨 졸였던가.
그 띠는 소녀의 순결을 감싼,
아름다운 금역(禁域)이었다.

그 가슴들은 바로, 이제는 돌아갈 수 없는 유년의
내 사랑, 바로 엄마 젖의 생생한 환기였다.
그 가슴을 바라보고자 하는 마음, 그 가슴에 묻히고자
하는 마음, 그 야릇한 마음에, 성욕의 비밀이 있다.

성욕이란 결국, 엄마와 탯줄이 연결되어 있던 궁전의
편안함 속으로 회귀하려는, 자궁으로의 돌격에
불과하다는 생각이 든다.
하지만 침입에 성공했다하더라도 금방 쫓겨나고 마는,
비운의 왕자일 뿐이다.

다만 다른 왕자를 하나 잉태하는 방법으로
위안 삼기는 한다.
생명의 체인이란, 이런 식으로만 봐도 얼마나 정교한
계산 위에 서있는 릴레이 경주인지!!

다시 가슴띠로 돌아가자. 나는 가끔 그 물건을 보노라면,
참 귀찮고 불필요한 물건을 왜 인간은 신주단지 모시듯
차고다닐까 싶은 생각을 한다.
옷만으로도 이미, 그 부끄러움을 충분히 가렸는데도,
유독 그 부분을 이중으로 가리는 이유는 뭘까?
아래도 물론 겹으로 가리지만, 거기야 성욕의
당사자들이니, 이중의 보호를 받을 자격이 있다손
치더라도, 위에야 그렇게 과보호하지 않아도 될 것
같은데 말이다.

이런 이중감호는, 내 생각엔 가림을 위한 것이 아니라,
부끄러움이란 은밀한 유혹의 기호를 드러내기 위한
것인 듯하다.
여긴 중요한 곳이니까, 함부로들 보지말아!라고 하는
그 과시 속에, 그 강조 속에, 실은 "모두 주목!"하는
유혹의 덫이 있을지 모른다는 생각이다.

옛날엔 그 부분을 프릴이나 흐물흐물한 천으로
덮고 장식하여, 봉긋한 곳이 잘 구별되지 않게 하는 것이
미덕이었는데 반해, 요즘은 스판티셔츠 등으로,
팽팽하고 볼록하게 드러내는 것이 유행이다.

마치 맨몸에다가 옷감의 색깔로 바디페인팅을 한 듯한
이 같은 가슴의 강조는, 한갓 상상으로 엄마의 젖가슴을
생각하던 사람들의 눈에, 보다 리얼한, 보다 확실한,
보다 직핍하는 그리움을 안겨준다.
그 또렷한 가슴띠의 선을 타고, 그리움은 하나의
회로를 만든다.
이제 배꼽부분이 아예 드러나 있으니, 그 윗부분까지
상상력으로 살색을 칠하기는 그리 어렵지 않다.
이 시대는 성욕마저 친절하고 리얼한 서비스로
전진하는 것 같다. 다만 아직도 그 머리부분(乳頭)만은
끈질기게 은둔을 계속하고 있긴 하다.
하지만, 최근 알게모르게 유행하기 시작한, 노브라의
물결은, 그 지고지순(至高至純)의 봉우리마저
그리움의 바깥으로 고개를 내미는 상황이다.

이제 곧,
한 꺼풀의 상상력, 한 꺼풀의 은밀함도 남아있지 않는,
모든 신비를 홀딱 벗고마는, 에덴동산의 시대가
곧 도래할 듯 싶다. 그렇게 되면
개처럼 헐떡이던, 인간의 상상력들도
성욕의 걸귀(乞鬼)들도 좀 순치될까?
그런 점에서 보자면, 가슴띠는 아직도 봉긋한
그 아름다운 미명(未明)의 봉우리를 지키는 수비대이다.
아직도 부끄러움과 내숭 속에서 도발하는,
유혹의 장치들을 지키는 숭고한 마음의 끈이다.

어제 산부인과 병동 복도에서,
어느 산모가 떨어뜨린 듯한 가슴띠를 보았다.
어느 남성에게 그리운 유년을 회억케 했을
어느 가슴을 가리던 그 분홍의 띠는
이제 벗겨지고, 대신 넉넉히 드러난 엄마젖은,
응아!하고 갓 세상에 쫓겨나온, 한 아이에게
또다른 꿈으로 얽힌 따스한 어린 추억을
안겨주리라.

아내와 함께 포르노 보기

오늘따라
애들이 자지 않는다.

아내는
말똥말똥 텔레비전 앞에
앉아있는 아이들을
떼민다.

이제 자야지! 잘 시간이지?
아홉시잖아? 일찍 자고 일찍 일어나기로
엄마랑 약속했지?
휘몰듯 애들을 이층침대에 하나씩
눕힌 후 불을 꺼준 뒤
아내는 나온다.

그거 볼까요?
아내가 히쭉 웃는다.

뭐?

사내가 능청을 떤다.
그거 아까 사온 거…
아내가 더 이상 웃음을 참지 못하고
웃음을 터뜨려버린다.
자기가 하는 수작이 뭔가 쑥스럽고
우스워보였던 모양이다.

아… 그거!
왜? 지금 보게?

사내는 내키지 않는 듯이 되묻는다.

애들 잘 때 봐야죠… 언제 보겠어요?
아내는 웃던 얼굴을 약간 고치며
말한다.

애들 아직 안 잘 텐데…
저러고 있으면 금방 잠들어요.
사내는 빼꼼히 열린 아이들 방의
불꺼진 속으로 흘깃 쳐다본다.
조용하긴 하다.

아내는
텔레비전 뒤에 숨겨놓았던
비디오테이프를
꺼낸다. 표지가 요란하다.

빨간 배경 위에 여자 하나가
목도리만 아슬아슬하게 걸친 채 서있고
남자 둘이 아래서 얄궂은 포즈로
여자를 감싸고 있다.
하나는 앞쪽을 맡았고
하나는 뒤쪽을 맡았다.

제목은 '빨간 목도리'.
부제로 '어느 여고생의 빨간 체험' 이라고 붙어있다.
최근 언론에 떠들썩했던,
탈선여고생을 찍었다는 '빨간 마후라' 의
변종(變種)인 모양이다.

학생년놈들이
하라는 공부는 안하고
여관에서 생비디오나 찍는다고,
이제 우리 사회 망쪼가 들어도 단단히 들었다고,
가치관의 타락과 성윤리의 몰락이
이제 더 이상 갈 데 없는 곳까지 갔다고,
흥분하던 그 시민감정은,
어느 순간엔가 증발해버리고,
그 허리하학으로 꿈틀거리는
이상한 호기심들이
이런 비디오를 유통시키고,
또 날개돋친 듯 팔리게 하는 모양이다.

사내야 물론
딱이 그런 호기심 때문에
눈에 불을 켜고 앉아있는 것은 아니니
마음의 이중성에 괜히 찔릴 일은 없다.

요즘
잠자리에서 아내는
노골적으로 "사랑이 식은 게 아니냐"는 식의
마뜩잖은 눈초리를 보내오는 중이다.

마침
옆집의 누군가가 아내에게
청계천에 가면 그렇고 그런 비디오가 있는데 한번 보면
효험(?)이 있을 거라고
쓸데없는 참견을 해준 모양이다.

오늘 퇴근 무렵.
6시.
사방에 혹시 아는 누군가가
볼까 연신 두리번거리며
청계천 그 유명한 비디오 가게들의
숲속으로 뛰어들었을 때,
사내는 등에 식은땀이 흐르는 것을
느꼈다.

창피함과 피곤함과 이상한 자기경멸 같은 것이

미슬미슬 올라왔다. 지저분하게 먼지 낀
비디오테이프들. 그 먼지 낀 비닐껍질 아래서
벌어지고 있는 온갖
야릇한 정사들과, 확대된 그 부분들,
보기 민망한 문구들…
속이 메슥거릴 지경이었다.

사내는,
빙글빙글 웃으며
쳐다보는 청년 하나를
똑바로 쳐다볼 엄두도 못 내고,
그 눈길을 떨쳐버리려는 듯
"괜찮은 비디오 없냐"고 다급하게 물었다.

괜찮은 서요?
많죠. 그런 거야…
원하는 대로…
그런데 어떤 걸?

그 '빙글빙글' 은 느긋하게
흥정의 채비를 취한다.

그냥 야한 걸로 하나 주쇼.

기분 나쁘게 씨익 웃더니 청년은
돌아선다.

더 이상 묻지 않고도,
상황을 다 파악했다는 듯이…

한쪽 구석에 있는 냉장고 같은 박스를 열더니,
테이프를 하나 꺼낸다.
이거… 괜찮을 겁니다. 요즘 한창 유행하는
거죠. 아마추어들이 찍은 거라 더 실감날 겁니다.

얼마요?
12만원이요.

12만원?
그는 깜짝 놀랐다. 너무 비싸다.
하지만 더 이상 흥정하기도
귀찮고 해서 그냥 돈을 던져주고
검은 비닐 속에 그놈을 돌돌 말은 채,
도망치듯 그 집을 나왔다.

화면이 칙칙하다.
이런 불법비디오에도
그놈의 '경고' 문구는 빠지지 않고 들어있군.

"옛날에는 호환 마마 등
무서운 질병이 있었지만
오늘날은 비디오가…"

쩝.

그때 등뒤에서 삐걱 문 여는 소리가 난다.
약간 열어둔 틈으로 들어오는
비디오 소리에
첫째가 잠이 달아났나 보다.
베개를 안고 나온다.

엄마!
오늘 나…
거실에서 잘래.

안돼! 그러면 못쓰지… 자기 방에서 자야지.
얼른 들어가렴.

아내가 질색을 한다.

싫어 싫어 잠이 안 와.
비디오 소리에 잠이 안 온단 말이야.
나도 볼 거야.
쉿! 조용… 그러다가 동생 깰라…
얼른 들어가서 자야지. 내일 학원 가야 되잖아?
아침에 못 일어나면 어쩔래?
학원을 상기시키면서 겁을 줘보지만 별로 설득력이 없다.

싫어. 그럼 아빠는 왜 봐? 아빠도 내일 출근하잖아?

아빠는 어른이니까… 일찍 일어나실 수 있어.
싫어. 나도 일찍 일어날 수 있단 말이야.
너 정말 엄마 말 안들을 거야? 아빠 화내신다…
치… 엉터리… 엄마 엉터리야.

아이는 마지못해 다시 방으로 들어간다.
문이 닫힌다.
잠시 정적.

사내는 일시정지 시켰던 비디오를 다시 튼다.

여전히 흐릿한 화면 속에 영화광고가 나온다.
이거 뭐야? 이런 영화에
광고까지 하는 거야?
미친놈들…
사내가 중얼거린다.
아내가 어깨를 툭 치며 "그런 것 가지고 뭘 그래요?"하고
사내가 든 리모콘을 받아 빨리 돌리기를 작동시킨다.

'포키스2' 가 지나가고,
'로빈후드' 가 지나가고,
'투캅스3' 가 지나간다.

선전하는 영화들도 한결같이 따분한 거군.
흐릿한 화면이 끝나는 순간,
아내는 정확히 '플레이' 를 누른다.

그때, 둘째가 문을 열고 나온다.
엄마!
나 오줌 마려…

사내는 아내의 얼굴을 쳐다본다.
아내도 사내의 얼굴을 멀거니 본다.
그녀의 얼굴에 낭패감이 스친다.
젠장…

아내는 벌떡 일어서서
걸어오는 둘째를 안고 화장실로 달려간다.

다시 일시정지.

사내는 담배를 꺼내 문다.
어두컴컴한 거실 한켠에 놓인,
난초 중의 하나가 허연 꽃을 드러내고 있다.
그는
담배와 재떨이를 들고,
베란다로 나간다.

창문 밖에 도봉산이 푸르다.
푸른 안개 속에 그윽히 번져있는 동양화 같다.
그 푸른 안개를 향해 담배연기를 뿜는다.
후…

봅시다!

아내의 채근하는 소리가 들려온다.
이러다가 정말 당신 내일 출근
지장 있겠어요.

아이는 자러갔나?
예. 침대에 뉘고 왔어요.

다시 플레이.

한동안 깜깜한 어둠 속으로 빨려들어간다. 그런데…
갑자기
많이 들은 노래가 나온다.

"무쇠팔 무쇠다리 로케트 주우우먹
목숨이 아깝거든 모두모두 비켜라.
인조인간 로보트 마징가아 젯… "

이게 뭐야?
이게 포르노야?

이 자식들이 속였잖아?

사내의 표정이 일순 험하게 일그러진다.

12만원이나 줬는데…
나쁜 놈들…

아내도 어이없어 한다.
뭐예요? 잘 좀 보고 사지…
쳇 내가 알았나? 이런 나쁜 놈들이 있나?
낼 당장 가서 그놈의 가게를 부숴버리든지 해야지… "
울화통이 막 치민다.
사내는 다시 담배를 주섬주섬 집어든다.

그때,
아빠!!!
두개의 목소리가 동시에 뒤에서 들려온다.

어느샌가 아이들이 둘 다 일어나
베개를 끌어안고 서서
비디오를 지켜보고 있다.

아빠… 저거 재미있는 거잖아?
왜 아빠 엄마만 저런 거 봐?"

사내가 빼액 돌아선다.
너희들!!!
아빠가 자라고 그랬지?

빨랑!!!!!

안자?????
이 짜식들이???

눈을 있는 대로 부라리고
버럭 소리를 지른다.
그 소리가 "인조인간 로보트 마징가아젯!!!" 그 씩씩한
노래에 묻힌다.

오늘의 운세

신문을 볼 때면 은근히 오늘의 운세에 눈이 머문다.
알량한 체면에 누가 볼세라 슬쩍 보고 넘기지만
내 띠에 적힌 글귀만은 놓치지 않고 다 읽는다.

오늘의 운세. '고정관념을 깨고 새로운 것에 도전하라.'
뭔가 좋은 일이 있을 모양인 건?

지하철 집표기에 회수권을 넣고 많은 사람들에 떼밀려
나오노라면 언제나 노란 점퍼를 입은 아내의 모습과,
까만 패드를 걸친 솜이와 얼룩무늬 코트를 입은 솔이의
반가운 표정을 만난다.

온 식구가 이 시각에 이렇듯 몰려나오는 것은, 하루 종일
근무하느라 고단해진 내가 우리 아파트가 있는
골짜기까지 허위적거리며 올라가는 수고를 덜어주기
위함이다. 아내는 지하철역 주차장에 자동차를 단정히
세워놓고 돌아오는 신랑을 기다린다. 아빠다!하고

되뚱되뚱 뛰어오는 아이들과 환하게 웃음으로 맞아주는
아내를 바라보는 것은 참으로 내 하루의 즐거운
시간이며, 온갖 피로가 스르르 빠져나가는
사랑의 묘약을 복용(?)하는 시간이다.

그런데 오늘은 왠지 그 목련꽃처럼 화사하던 아내 얼굴
에 그림자가 져 보인다. 어… 웬일일까? 하지만
그 그림자가 무척 짙어 보여 이유를 물어볼 엄두가 나지
않는다. 안색을 살피며 세워둔 차에 올라탔다.
아내는 아무 말 없이 출발한다.

어? 비오나?
아니…
차창이 왜 저래?
자동차 앞유리가 마치 비가 내리는 것처럼
방사선 무늬를 그리고 있다.
어?
깨졌잖아?

속상해 죽겠어요. 글쎄, 아파트 앞쪽에 주차를 해놨었는데,
이 꼴이 되어있지 뭐예요? 고층 쪽의 어느 집에선가
베란다에서 뭘 떨어뜨렸나 봐요. 세상에… 차 안쪽까지
유리조각이 널려 있었어요.
아내는 금세 눈물이 비칠비칠 어린다.
황당하다.

이런 경우가.
멀쩡히 세워놓은 차가 이렇게 되도록 관리실에선
뭘 하고 있었담? 속에서 갑자기 증기가 훅
끼쳐 올라오면서 콧자위가 씨끈거리기 시작했다.
마치 강렬한 빛처럼 사방으로 불길하게 내뻗고 있는
유리창 위의 흉터를 바라보며, 누군지 모를 자의 소행이
견딜 수 없도록 미워졌다. 푹푹 한숨만 나왔다.
아파트 앞에 차를 세우자마자 경비 아저씨에게 달려가
따지기 시작했다.

아니, 관리실이 도대체 뭐 하라고 있는 겁니까?
멀쩡한 대낮에 주차해둔 자동차가 저렇게 박살나는 것도
몰랐단 말입니까?
흥분된 목소리가 바깥에서 도저해지자 심상찮은 기류를
느낀 아저씨가 나오시더니, 변명을 늘어놓는다.

오늘따라… 공교롭게도 센서등을 부착하는 데 일손이
모자란다고 해서, 그걸 도와주려 층층이 돌아다니다
보니, 이런 사고가 일어나는 것을 몰랐습니다.
죄송하게 되었습니다. 언제 일어난 일인지도 모르겠고…
도대체 무얼 떨어뜨렸길래 차유리가 깨지도록…
아저씨는 굽신거리면서 비슷한 말만 반복한다.

아저씨. 무슨 대책을 세워주셔야지 자꾸 미안하다고만
하시면 어떡합니까? 이것이 저한테만 일어나는
일이라고 보장할 수 있습니까? 도대체 주민들이

안심하고 주차할 수 있겠습니까? 당장 범인을 찾아내든지
아니면 호구조사를 해서라도 어느 집에서 그랬는지
밝혀내야 할 것 아닙니까?

아저씨는 더욱 난감한 표정이 되었다.

어떻게 범인을 찾아내겠습니까? 설사 집집마다
물으러 다닌다 하더라도, 자진해서 나오지 않는
사람들이라면 그걸 조사한다고 순순히 자백할 리가
있겠습니까?라고 힘없는 소리로 대꾸했다.

구구절절 옳은 말이었다. 하지만 그 옳은 말이 더욱 나를
분개하게 했다. 그럼 어쩌란 말입니까? 그냥 유리가
깨지면 깨졌구나 하고 갈고, 차가 뭉개지면 그랬구나
하고 말없이 한 대 사면 된다는 얘기입니까? 무슨
조치를 취해 주셔야지요. 당장 방송이라도 해주세요. 혹시
양심이 있는 사람이면 나올지 압니까?

예, 예… 방송이야 하겠지만, 이제까지도 안 나와본
사람이 나올 것 같지도 않고… 해서…

방송이라도 해주십시오. 내가 다그치자, 아저씨는 근무실
로 돌아갔다. 마이크 소리가 들렸다.

"여러분, 오늘 낮에 베란다에서 뭔가를 투척하여
자동차 유리가 깨졌습니다. 며칠 전에도 비슷한 일이

있어, 여러 번 방송으로 당부의 말씀을 드렸는데 오늘
또 이런 사건이 발생하였습니다. 아마도 11호 라인의
고층 어디에서인가 무엇을 떨어뜨린 것 같은데, 지금
아래 주차되어 있던 자동차의 유리가 깨졌으니,
양심적으로 나오셔서 차주와 말씀을 나누시기 바랍니다.
여러분, 이웃끼리 이러면 안됩니다. 지킬 것은 지켜야
합니다. 베란다에서 무엇을 투척하신 주민께서는 지금
즉시 경비실 앞으로 나와주십시오. 부탁합니다."

매끄럽게 한 건 아니지만, 매우 간곡한 경비 아저씨의
말을 들으며 나는 마음속에서 뒤틀리며 올라왔던
화가 스르르 풀리는 것을 느꼈다.
따지고 보면 경비 아저씨야 무슨 죄가 있으랴?
아엠에프다 뭐다 해서 인력을 줄이고 줄여, 경비실도
일손이 넉넉하시 않으리라. 이곳저곳 잡일이 있으면
불려다니고, 여러 군데를 살펴야 하고 주민들의 민원도
해결해야 한다. 몸이 몇 개라도 모자라는 사정을 뻔히
안다. 마침 내 차 유리가 깨졌긴 했지만, 연세 잡수신
분에게 너무 심하게 항의한 것 같아 미안해지기
시작했다.

그런 생각을 하면서 기분을 추스르고 있는 사이,
방송을 들은 사람들 몇이 수군대며 내려온다.

그때였다.
급히 아줌마 하나가 뛰어왔다.

아저씨!! 아저씨!!
차 유리가 깨졌다고요? 어디요? 어디…

다급한 목소리였다. 순간 나는 그 사고의 장본인이
드디어 나타났구나 생각하며 그녀를 쳐다보았다.
그녀는 실내옷을 갈아입을 틈도 없었는지
허술한 차림으로 우리 차가 있는 쪽으로 달려왔다.

그녀는 잽싸게 우리 차를 세워둔 틈새로 가더니,
두리번두리번 살핀다.
그러더니,
후유!!!하며 한숨을 쉰다.
아이고 놀래라! 깜짝 놀랐네! 큰일 날 뻔했네.
천만다행이다… 하하하…
숨쉴 틈도 없이 다다다다 말과 웃음을 내뱉는다.
그리고는 5층인가 6층쯤의 열려진 베란다에 서있는
남자를 향해,

자기야! 아냐, 아냐 우리 차는 아냐. 괜찮아.
옆 차야. 걱정 마… 놀랐지?
하하하 정말 큰날 뻔했어… 하하.
그러자 베란다에서 맞장구를 치는 소리가 들려왔다.
아냐? 우리 차… 난 꼭 우리 차 얘기하는 줄 알았네.
천만다행이다. 하하. 그래. 알았어. 빨리 들어와.
저녁 먹게.

우리 부부는 옆에 서서 이 싸가지없는 부부의 흥분과
웃음소리를 들으면서 한편으로는 열받고 한편으로는
어이없어 그 하는 양을 말없이 지켜보고 있었다.

이 여인은 후다다닥 다시 경비실로 가더니,
아저씨… 손전등 좀 빌려주실래요?
혹시 우리 차에도 부서진 데 없나 한번 보려구요.

그리고는 손전등을 가지고 자기 차의 이곳저곳을
비춰보더니,
됐네.
우리 차는 아무 문제 없네.
라고 말하고는,
아! 부서진 차가 이 차야? 하며 그제서야 손전등을
우리 차창에 이리지리 비춰본다.

뭘 던졌길래 이렇게 박살이 났지? 차 유리가 참
약한가 봐!하며 중얼거렸다. 그리고는 자신이 방정을
떨었던 아까의 행동이 생각났는지, 흙빛이 되어 서있는
우리 부부의 얼굴을 민망스레 흘낏 쳐다보고는,
슬리퍼를 재재 끌고 엘리베이터 쪽으로 달려가버렸다.

내려가던 분통이 다시 치솟아 올라왔다.
뭐 저런 여자가 다 있어?
내려와 보고 있던 주민들이 내가 할 말을 대신해 주었다.
지 차만 차고 남의 차는 박살이 나도 상관이 없다는

애긴가? 저런 사람이 있으니, 그렇게 유리 깨는 작자가
나오지… 그런 소리를 들으면서, 나는 더 기분이
험해지기 전에, 아내를 채근하여 우리 집으로 올라오고
말았다.

하지만 저녁 내내 아내는 아내대로 나는 나대로 마음이
상해서 서로 말도 나누지 않은 채, 책을 들기도 하고
텔레비전을 켜놓고 있기도 하면서 멍하니 시간을 보냈다.

리모콘으로 하릴없이 채널을 돌리던 아내는, 저어…
유리 그거 말이에요. 얼마 정도 해요?라고 물었다.
글쎄… 모르겠어… 몇십 만원?
내가 힘없이 대답하자
휴우…그런 돈이 어딨어? 아내는 볼멘 소리를 내뱉었다.

여보… 그거 보험으로 해결하면 안되나요?
보험…?
저어기… 고 서방에게 한번 연락을 해볼까?
냅둬… 처제도 어제 애기 낳아서 정신없을 텐데…
쓸 데 없는 전화해서 괴롭히지마.
뭘… 그냥 물어보는 건데요… 보험사 다니는 거 이럴 때
이용해야지.

아내의 전화 거는 소리를 들으면서,
나는 맥주가 없나 하고 냉장고 문을 연다.

냉장고의 찬 바람 탓일까.
문득,
어느 날 갑자기 이렇게 하염없이 깨질 수 있는 내
마음의 유리창이 한없이 부실하게 느껴지고 취약한
존재의 하루살이에 대해 괜히 쓸쓸한 연민이
올라오는 것을 금할 수 없다.

이렇게 우리의 저녁을 박살낸 이웃은 지금
우리 머리 위의 어느 공간에서 느긋하게 텔레비전을
보고 있을까? 부아가 치밀어 오른다.
참아라 참아. 때로 재수 없는 날이 있는 법.
그런 날, 그런 경우의 수에 맞아떨어진 것 뿐이야.
팔자려니 생각하고 유리나 빨랑 갈아끼워 네 마음속의
깨진 기분을 없애버리라구… 잊는 게 상책이야 상책.
생각이 생각을 부추기고 생각이 생각을 말린다.

아참 그러고 보니…
아침에 '오늘의 운세' 가 어쩐지 좀 이상하더라니…
'고정관념을 깨고 새로운 것에 도전하라' 고?
왠지 재수없는 말 같지 않은가.
'차 유리를 깨고 새로운 것을 갈아끼워라'
라는 말처럼 들리잖는가.
다 팔자 소관인가?

(앞으로 나란히)

내 마음속에 파묻혀 버렸던
긴장의 기억들 있다.
앞으로 나란히!
코흘리개 손수건 달고 노란 병아리 손 뻗었던
날들의 놀라운 세상,
제식훈련의 그 신기한 시작이
군대시절 뺑뺑이로 이어지고
나는 세상의 문법, 세상의 팍팍한
지평을 낮은 포복하였다.

내 팔을 내밀었을 때,
쿡 찔려 움찔하던 널찍한 등짝 하나 있었다.
돌아보는 눈길이 여덟 살 느낌에도 섬뜩했다.
그놈.
월남방망이 사탕 하나 물고,
뭉턱한 코밑으로 두 줄기 누우런
코를 마셨다 쏟았다 하면서
내 머리를 콱 쳤다.
니 내 찔렀나?

아이다 아이다 난 그냥 앞으로 나란히 했다.
그놈.
다시 콱 쳤다.
이 시키가 죽고싶나?
니 내 찔렀다.
아이다 우짜다 보이 받쳤다. 미안타.

바로!
앞으로 나란히!
나는 한 발짝 뒤로 물러서서
팔을 약간 굽힌 채로
비굴하게 뻗었다. 앞으로 나란히.

내가 세상을 배운 시작은 그것이었다.
내가 의도한 거링 맞아떨어지지 않는
세상의 눈이 있구나.
나의 정당함을 일시에 짓뭉갤 수 있는
폭력이 있구나.
나는 움찔 물러서서
세상을 시작했다. 그 월남방망이의 대책 없는 손방망이에
나는 벌써 세상논리 파악했다.
누군 유치원에서 세상 다 배웠다더라만
나는 국민학교 아니 초등학교 코수건 달고
인생 조짐 다 깨달았다.

앞으로 나란히.

왜 선생님들은 그것부터 가르쳤는가.
나를 나대로 키우지 않고,
집단 속에서 줄 가지런히 서는 법부터
해보라 했는가.
나의 개성이 위험했는가.
집단의 줄 속에 가두지 않고는
다스릴 수 없는 불온한 존재였는가.
여덟 살 짜리가?

나는 지금도 삽십년 전 버릇대로 산다.
앞으로 나란히!
앞사람이 서있는 방식대로
줄 맞추며 앞사람처럼 되고자
어리석은 반복의 역사 반성 없이 되풀이하면서,
오와 열 맞춰가며 자신을 알맞게 포지셔닝해야하는
각박 속에 산다.

나는 때로
나의 줄 벗어나고 싶었다.
예상되는 나의 삶 벗어나
사고뭉치 되고 싶었다.
앞으로 나란히!가 아니라 왜뚤삐뚤
내 꼴리는 삶 걸어가고 싶었다.
하지만 등뒤에 매서운 채찍 몰아쳤다.
앞으로 나란히!
움찔대며 나는 나의 줄로 다시 섰다.

그래, 내 아이에게는
이런 좁쌀 인생 가르치지 말자.
멋대로 살게 좀 내버려두자.
하지만,
생각뿐일 뿐,
역시 나는 "안돼"로
아이들을 가르친다.
줄 서지 않는 아이를 혼쭐낸다.
법(法)이란 중요한 거야.
우선 줄서는 법을 배워야해.
그리고 나선 니 맘대로 해.

후후, 정말 그래 될까?
줄서는 법을 배우노라면,
삐딱하게 서는 법을 잊어버리는 것을.
쫀쫀한 세상 살아가는 것만이
안전한 처세임을 이미 가르쳐버린 것을.
아이야.
아니다, 앞으로 나란히.
줄 잘 서는 게 니 삶 아니다. 그건
세상이 너를 강박하는 질곡일 뿐.

며칠 전 야근을 하고 아침에 쉰 적이 있었다.
그날 솜이 놈의 초등교 입학식날.
내가 그놈을 따라
학교에 간 것은 내가 비로소 학부형이 되었다는

감회 때문이 아니라,
삼십년 전의 나의 줄이 생각났기 때문이다.
어머니가 삔침 꽂아 달아주던
코수건이 그리웠기 때문이다.

왁자지껄,
아이도 어른도 들뜬 운동장에서,
박현자 선생님은 느닷없이 외쳤다.
앞으로 나란히!
앞으로 나란히!
어떻게 하는 줄 알죠? 앞으로 나란히!
나는 엉겁결에
내 팔을 뻗었다.
삼십년 전의 세뇌. 문득 파블로프의 개처럼
줄을 맞추며 똑바로 섰다.

제기랄,
내 옆에 내 딸년도
삼십년 전의 나의 긴장으로
그 분방하던 몸짓 곧추 세워
앞으로 나란히!를 하고 있는 것이 아닌가?
너도 이젠 별 수 없이 세상 속으로 들어왔구나.
반갑고도 나는 슬펐다.
앞으로 나란히, 부녀(父女)가
오와 열 맞춘
병아리 운동장에서.

애들과 싸우는 법

1

아내가 병원 응급실에 누워있는 동안,
아이들은
갇혀있던 집구석에서 해방되어,
큰 놀이터에 왔다싶은지
병상 사이로 까르르르 장난질 치며
뛰어다닌다.

솜아! 솔이야!
고함질치고, 인상을 우그리며
겁을 줘도 도통 먹혀들지 않는다.
먼지와 피묻은 시트에
기대고 문지르고 철봉타기 하는 걸 보고,
애비의 인내심이
꼭지를 넘어버린다.

요 녀석들, 이리와!
꿀밤을 한 대씩
감정을 담아 준다.

으왕! 솔이가 아픔을 참지 못하고 울어버린다.
솜이도 울먹울먹 눈물부터 죽죽 흘린다.
응급실에 있던 환자들과 가족들이
일제히 쳐다본다.

2

울먹이다 솔이는 엄마 곁에서 잠든다.
링겔 주사를 맞고 있는
엄마도 잠든다.
그 곁에서 잠이 안와,
"아씨 싱경찔 나! 싱경찔이 난단 말이야!"라고
투정을 부리고 있는
솜이의 손을 잡고
병원 밖을 나온다.
수퍼 가서
아이스크림이라도 하나 사줄까 하는 생각으로.

유리 덮개로 된 아이스박스 앞에서,
아이는 망설인다.
내가 아이스크림이나
팥으로 된 하드(내가 좋아하는!!!)를
쥐어 주면 "시러!시러!" 한다.
그러더니,
노란 얼음물이 든
불량식품 같은 것을 집어든다.

얌마! 그런 것 먹으면 배탈나!
시러 시러 나 이거 먹을래!
못 이긴다.

수퍼에서 나와,
아이랑 근처 아파트의 놀이터 앞에 있는
벤치에 앉는다.
나무 그늘이 있어 좀 시원하다.
아이는 내 옆구리에 기대어
노란 얼음을 빠느라 정신없다.

그를 바라보며 느끼는 것은
내가 어느새 이탈해 나와버린
동심(童心)의 그 못 말릴,
고집불통 속으로 그는 들어가 있다는 생각을 한나.

이렇게 살을 부비고 있지만,
노란 얼음과 팥든 하드처럼
다른 생각의 포장과
다른 기호의 색깔과
다른 느낌의 맛으로
딴 세상을 겉도는 게 아닌가 싶어
문득 허전하다.

그렇다고 녀석에게
팥든 하드를 먹일 순 없다.

내가 노란 얼음을 먹을 수 없듯이.
건너갈 수 없는 심연이
하드 하나를 사이에 두고 펼쳐진다.

3

솜이 녀석 책을 사준 지 오래 되었다.
이왕 같이 나온 김에
서점에나 가볼까.
글을 제대로 읽을 줄 아니까,
제대로 된 동화책을 좀 사줘야겠군.
서점 유리문을 열기 전에
마음속으로 작정을 한다.

동화책을 산다는 말에
아이는 신났다.
서점 안에 들어서자
녀석은 제가 고르려는 심산으로
제 것이다 싶은 책들이 모여있는 쪽으로
직행한다.

하지만
방향은 같은 방향이었지만,
가서 고르는 쪽은 나와 각도가 약간 틀어진다.
나는 위인전이나, 안데르센 동화, 탈무드 이야기
그런 쪽을 흘끔거린다.

녀석은, 퍼즐맞추기 쪽을 기웃거리더니,
세살바기가 하면 딱 맞을
종이접기나, 색칠하기 따위에
더 관심이다.

아빠, 이거 어때?
한참 고르더니 뭔가를 가져왔다.
한글 따라쓰기다.

얌마 이건, 네가 하기엔 너무 쉬운 거잖아?

쉬운 게 재미있잖아?
나 쉬운 거 하고 싶어.

그런 건 금방 싫증나지. 넌 일곱 살이야.
내년이면 초등학교도 간다구…
이젠 동화책을 좀 읽어야지.
훈계. 잔소리.
옛날 어른들이 내게 하던 것 이상으로
나도 내 고집이다.

머쓱해진 딸이,
다시 한참 만에 뭔가를 찾아온다.
"천사소녀 네티?"

이게 뭐지. 처음 보는 건데…

이거 텔레비전 만화영화로 하는 거야.
그걸 책으로 만들었어?
응, 무지 재밌어.

"고전을 읽어야지. 이 따위 만화를 읽는담?" 하는
기분이 먼저 왔던 나는,
시큰둥하게 솜이 건네준 책을
넘겨본다.

뭐야? 이거… 그림이 너무 조잡한 걸.
색깔도 엉망이고…
다른 것 뭐 없어?

없어. 없어. 나 이거 할래.
아빠가 나 하고 싶은 것 사준다고 했잖아?

이번에는 양보 안할 기세다.
솜은 그 책을 등뒤에 들고,
내 뒤를 졸졸 따라다닌다.
솜아 이거 어때? 탈무드이야기…
이거 재미있는 책이란다.
시러 시러 따분해.
이건 어때? 한국 전래 동화…
그거 다 알아. 재미 하나두 없어.
집는 것마다 아이는 "노"다.

난 타협을 한다.
그래 그래 네꺼 사주께.
하지만 이것도 같이 사야돼.
탈무드이야기…
내 고집을 슬쩍 밀어넣었더니,
아이는 만족하진 않지만,
고개를 끄덕인다.

이렇게 아이와 내가
어떤 접점에서
엉거주춤하게라도 만나지는 것에,
녀석도 나도 금방 즐거워지고 만다.

하지만 어디를 가나,
"하지 마라"와 "할래"
"하라"와 "싫어"가
늘 머리를 부딪치는,
불화가 기다린다.

그 불화 속에서,
나는 나를 키우는 것일까?

(내 히프 ♪)
아프게 하지 마세요

둘째 아이 솔이는 밥을 잘 안먹습니다.
먹기 싫어하는 것이 아니라
아주 조금씩 천천히 먹기 때문에
곁에서 다 먹기를 기다리는 엄마와 아빠는
그만 짜증이 나버립니다.
게다가 텔레비전의 텔레토비 다 보고
만화영화 다 보고 막내 붕이 장난치는 거 보면서
히쭉거리고…
그러다 결국은 엄마의 신경질을 만납니다.
너 일루 와.
매를 든 엄마가
솔이를 한쪽 방으로 데리고 갑니다.
너 밥 잘 먹을래? 안 먹을래?
잘 먹을께요. 엉엉엉.
말로만 맨날 잘 먹는다 그러고
또 안 먹으려고 그러지?
아네요. 정말 잘 먹을께요.
아냐. 오늘은 안되겠어. 손바닥 내.
싫어요. 싫어요. 엉엉엉.

엄마는 솔이의 손바닥을 결국 때리지 못하고
급한 김에 엉덩이를 몇 차례 때렸습니다.

눈물을 훌쩍이며 식탁으로 다시 와 앉은 솔이가
말합니다. 아빠. 나 화장실 갈래.
그래. 갔다 와.
갑자기 녀석이 측은해진 나는 솔이 머리를
쓰다듬으며 말합니다. 화장실 앞에서
바지를 내리는 솔이의 엉덩이에
빨간 줄이 세 개 나있습니다.
속도 좋은 녀석은 금방 표정을 풀고
아빠를 보며 혀를 쏙 내밀더니
화장실 문을 쿵 닫지만
아직도 아빠의 눈 앞엔 녀석의 엉덩이에
그려진 세 개의 줄무늬가 아른거립니다.

왜 고통 없인 자랄 수 없는 걸까?
세상을 알아 간다는 것은 왜 언제나
저런 매 자국일까?
세 줄기 회초리끝이
내 히프 위에도 마치 난초처럼 피어나
오늘 아침 우리집의 부녀(父女)를
동시에 욱씬거리게 합니다.

1

미주알고주알 신변잡사를 털어놓고 싶은
마음의 움직임에 절대로 제동을 걸지 않겠다는 것이
나의 글쓰기의 한 지침이고 보면 이 소재 또한
그리 벗어나 있는 것은 아니리라.
하지만 왠지 아내에 관한 애기는 떠벌리는 것이
쑥스럽고 힘겹다. 잘 써봤자 본전이고 못쓰면 주책
한 바가지가 되고마는 위험한 소재이기 십상이다.

아내와 나는 만나자마자 은밀한 약속을 했었다.
두 사람의 자존심을 나란히 만족시키는 거짓말에 합의를
했다. 뭐냐하면 우린 연애로 만났다는 것이다. 하지만
이건 뻥이다. 우린 아주 정확하게 중매로 만났다. 왜
이런 뻥에 합의했냐 하면 연애결혼이 더 낭만적이고
그럴 듯해 보였기 때문이었다.

중매는 왠지 무식해 보였다. 생면부지의 남녀가 어느 날
담판하듯 마주 앉아 서로를 재고 따져서 함께 평생

잠자리를 같이할 상대로 정하는, 이 무지막지한
운명결정 방식으로 그녀와 내가 만났다는 게 솔직히 별로
맘에 안 들었다. 그것보다는 달콤새콤한 사랑의
내연(內燃)이 있고 애타는 밤과 그리움에 절은 시간들이
아름답게 무늬져 고운 감정으로 발전하고 이윽고
마침내 드디어 결혼으로 골인하는 인생을 꿈꾸어왔던
그녀였고 나였다.

그러나 우린 중매였다.
외가 쪽의 이모뻘 친척 하나가 매파를 맡았고, 1990년 1월
1일날 나는 그녀를 만났다.

심심한 놈팽이들이 담배불을 갖다댔는지 구멍이 숭숭난,
눅진한 쿠션의자에 앉아 나는 그녀를 기다렸다.
경주역 부근의 '기로수' 다방.
찾기 쉬운 점만 고려하여 결정한 만남의 장소이다 보니,
거기 무슨 낭만이니 분위기니 하는 낱말이 끼어들
틈이 없었다. 두꺼운 유리탁자가 놓여있고, 젖은 클리넥스
한 장이 깔린 재떨이, 그리고 색이 바랜 작은 꽃병에
시들어가는 장미 한 송이가 꽂힌 그 다방은,
그 찾기 쉽다는 점과 기억하기 쉬운 이름 덕분에 이런
중매 남녀들의 장소로 애용되는 곳이었다.

그녀를 만나기로 작정한 것은, 순전히 어머니의 강권과
나의 심심함이 우연히 맞아떨어진 때문이었다. 그래요,
그럼 한번 보죠, 머. 그런 기분으로 나간 자리였다.

물론 어머니도 나를 꼭이 장가보내야겠다고 마음먹고
있던 것은 아니었다. 다만 다 큰 막내아들, 그것도 서울 가
내로라하는 신문사에 턱하니 합격하여 다니고 있는
아들의 상품가치(?)를 확인하고 싶은 충동이 있었으리라는
생각이 든다.

이만한 총각 있으면 나와보라고 그래, 하는 마음이
어머니에게 있었을 것이다. 물론 도시에 가면야 끝에
'사' 자 들어가는 직업을 가진 떵떵거리는 신랑감도 많고,
혼수감으로 빌딩 몇 채를 안겨주겠다는 그런 엄청난
재력가들의 자제분들도 많겠지만, 시골에서야 나 정도만
해도 꽤나 명함 내놓을 만한 신랑감이었으리라.

그러니까 어머니의 기분도 아들을 굳이 한시바삐
장가를 보내고 싶은 심정이 아니라 그냥 잘 키워 놓은
아들을 세상에 내놓고 은근히 자랑을 삼으며 즐기고
싶은 심산이 더 컸을 것이다.

거기에다 당사자인 나는 그저 잠시 한번 보고,
울적하고 외로운 기분이나 풀겠다는 즉흥적 기분이
생각의 전부였다. 결혼은 2~3년은 더 있다가
생각해야할 문제라고 여기고 있었다.

우리의 맞선은 전혀 준비가 되어있지 않은 한 남자와,
나중에 안 일이었지만, 정말 별 기대도 않고 역시
그쪽 아버지의 권유에 기분이나 맞춰드릴 요량으로

잠시 나온 한 여인과의 시큰둥한 만남이었다.

게다가 맞선이란 게 분위기가 얼마나 웃기는가.
주변에 앉은 일없는 시골사람들은 모처럼의 구경거리를
놓칠 리가 없다. 다방에 들어와 본 횟수가 아마도
다섯 손가락 안쪽일 어머니는 그 푹신한 소파에 앉은 것이
아무래도 어색하고 낯선지 연신 몸을 움직이시며
오랜만에 차려입은 한복을 버스럭거리신다.
그 옆에 앉은 숙모도 어색하긴 마찬가지다. 결혼한 이후로
다방엔 처음 왔을 것이다. 마치 자신의 맞선자리인 것처럼
공연히 들뜬 기분에 앉았다 섰다 불안해한다.

우리 자리 옆엔 커다란 수족관이 놓여 있고,
너무 커 징그러운 은빛 붕어가 마치 플라스틱 같은
지느러미를 흔들며 느릿느릿 헤엄치고 있다.
빗물과 먼지가 하나의 무늬를 이뤄 얼룩얼룩해진
창문 밖으로 이 다방의 상호명과 같은 '가로수'
은행나무가 앙상한 가지를 드러내고 서있다.

와, 이 사람들 안직까지 안 오노?

어머니는 연신 시계를 본다. 나는 동전 10원을 넣으면
오늘의 운세가 톡 튀어나오는 운세자판기 위에 돌돌 말린
휴지 한 장을 빼내 먼지가 쌓인 구두 앞쪽을 닦는다.

두시 넘었는데… 야가 시간을 안 지키네.

어머니는 약간 히스테리컬해졌다.
'야' 라고 표현하는 사람은 이번에 중매를 선 어머니의
동생뻘 되는 사람이다.

그냥 앉아있기도 뭐 하니 우리끼리 커피를 시킵시더 그마.
숙모의 제안에 커피를 석 잔 주문한 우리는 다시 연신
문쪽을 바라보며 벌써 출현했어야 할 나의 맞선 상대에
대한 궁금증을 증폭시키고 있었다.

하아따, 이 놈의 크피맛이 와 이리 씁씰하노.
어머니는 별로 익숙지 않은 뜨거운 액체에 약간의
진저리를 치며 그래도 꿀꺽꿀꺽 삼킨다. 설탕을 좀 꽉
넣어보이소. 좀 달면 낫십니더. 숙모가 거든다.

하이고 언니야.
이윽고 문쪽에서 이쪽을 향해 반색하는 소리가 들린다.
시골에서 택시가 와야재. 차 기다리다가 늦었다.
마이 기다렸재?

먼 이모는 묻지도 않았는데 늦게 된 사정을 먼저
털어놓는다. 이모 뒤에 두 여인이 서있다. 키도 비슷하고
얼핏 보면 자매 같은, 갸녀린 두 사람.

갸름한 얼굴에 약간 작은 눈, 그리고 깨끗하게 흘러내린
콧매, 그리고 가늘고 섬세하게 다문 입술.
두 여인은 그런 점에서 아주 판박이였다. 하나는

김선희였고 하나는 그녀의 어머니였다.
둘은 손을 꼭 잡고 마치 지시를 기다리는 초등학교
학동처럼 다소곳이 먼 이모의 뒤에 서있었다.

우리가 너무 오래 앉아있으면 재미없재. 우린 비켜줄게.
얘기 마이 해바라.

먼 이모가 어머니에게 눈을 껌쩍껌쩍 신호를 보내며
일어선다. 커피값 우리가 내고 나갈께, 먼 이모가
문 쪽에서 이리로 바라보며 소리를 지른다.
이윽고 두 사람이 남게 되었을 때, 우린 다방의 거의 모든
사람들의 시선이 우리 쪽으로 향하고 있는 느낌에
하염없이 민망스러워하며 한동안 말없이 앉아있었다.

나중에 아내는 이 장면을 이렇게 기억하고 있었다.
"첫 인상이 편안하진 않았어요. 무척 까다로워 보였어요.
금테 안경을 쓰고 마치 꼬나보듯 바라보는 시선도 그렇고
한쪽 다리를 꼬아올려 뒤쪽으로 몸을 젖혀 앉은 포즈도
그렇고, 마치 면접 심사를 하러온 사장 같은 분위기였어요.
괜히 제가 주눅이 들었죠."

나로선 그냥 심심풀이로 나온 자리였으니, 편안하게
미팅하는 기분을 가질 수 있었다. 약간 거만하게 느껴졌을
그런 포즈도 나의 마음가짐을 드러낸 것이었으리라.
지루하게 침묵이 계속되자 다방의 다른 사람들의 시선이
하나둘씩 떠나가기 시작했고, 이윽고 우리 둘만이

서로에게 관심을 갖기 시작하는 자리로 변해갔다.
내가 적극적으로 말을 건네기 시작한 것도 그때였으리라.
간단한 신상명세에 대한 조사가 끝난 뒤, 나는 그녀에게
문학에 관한 얘기를 한 것 같다. 시를 쓰고 싶었던
어린 시절의 꿈과 스콧 핏츠제럴드의 위대한 개츠비를
얘기했다. 개츠비처럼 회색의 우울한 시대를 살고있는
우리가 진정 품어야할 초록불빛의 등대 같은 사랑에 관해
이야기하였다.

이야기는 이야기의 꼬리를 물었다. 이야기를 듣는 그녀의
눈이 무척 반짝거린다는 생각을 하면서 나는 이야기에
열중했다. 우린 맞선보러 나온 남녀들 같지 않았다.
같은 학과 친구 같았다. 이때 아내는 처음에 내게 품었던,
아주 딱딱한 인상을 풀고, 참으로 다감한 한 인간에 대해
흥미를 갖게 되었다고 나중에 고백했다.

어머니와 그녀의 어머니는 다방 바깥의 진짜 가로수
아래에서 아들과 딸이 이야기를 잘 진행하여 좋은 결과를
가져올지 말지를 기대하며 기다렸다. 그러나 아들과 딸은
한 시간이 지나도 전혀 나올 낌새가 없었다.
하이고 마, 이야기가 길어지는 갑네요. 우리는 그냥
가입시더. 어머니의 제안에 그녀의 어머니와 다른
사람들은 인사를 나눈 뒤 각자의 집으로 돌아들 갔다.

아내는 퍼머로 약간 곱슬해진 머리를 살짝이 들어올려
풍성한 이미지를 주고 있었다. 거의 살빛에 가까운

분홍 루즈를 칠한 입술은 부드러운 미소를 머금고 나의
이야기를 듣고 있었다. 약간 목선이 깊게 파인 드레스는
스물 일곱의 성숙한 그녀를 시원스런 자태의 공주로
연출해내고 있었다.

미인이었다. 그녀는.
이 시골바닥에서, 더구나 이 가로수다방에서 중매로
만나리라고는 상상하기 어려운, 얼굴에 귀티와 위엄이
서려있는 처녀였다.

어머니가 처음 그녀를 본 뒤, 처녀가 참 얼굴선이 곱네,
라고 인사처럼 말을 건네자, 그녀의 어머니는, 우리
집안에서는 그중 그래도 인물이 있지요, 라고 겸손하게
대답하였다. 그녀의 이미지는 그러나 그냥 잠깐 스치고
지나가기에는 너무 강렬한 느낌으로 내게 와닿았다.
그래서 이 심심풀이 맞선은 내 운명의 한 단락을 시작하는
일생일대의 중대한 사건으로 변해가고 있었다.

오늘 바쁜가요? 아니면 보문호수에 가서 산책이나 하면서
얘기 좀 더할까요? 나의 제안에 그녀는 말없이 고개를
끄덕였다.

일월 일일부터 맞선보러 나오는 남자나 여자나 좀 웃기지
않아요? 나의 이런 느닷없는 질문에 그녀는 입을 가리고
웃는다. 나중에 들은 이야기지만, 그녀도 아주 잠시
나를 만나고 집으로 돌아갈 작정이었다 한다.

당시 그녀의 동생이 남자를 사귀고 있었는데,
그와 곧 결혼하게 될 사정이 생겼던 모양이다. 그러니
언니인 그녀가 빨리 시집을 가야, 그 아래 동생도
갈 수 있겠는데, 언니는 아직 정해진 혼처도 없으니,
빨리 맞선이라도 보라고 채근을 받고 있는 중이었다.

그런 결혼 압박에 못 이겨 나온 맞선 자리였다.
시늉이라도 해야지 하는 기분으로 나온 것이다.
그런데 만나보니 기분이 달라졌나 보다.
사람이 편안하고 유머도 있어 보이고, 무엇보다 어쩐지
촌스럽지 않은 게 좋았다고 한다.
그녀는 장차 자신의 운명의 한 자장(磁場)을 이룰 이
남자에게 아주 헐렁하게 비어있는 오늘 시간을
맡겨보기로 하였다. 그래서 보문으로 따라나섰다.

따스한 겨울볕을 받은 보문의 산책로가 깨끗하게
펼쳐져 있다. 그녀와 나는 가끔 옷깃이나 어깨가 스쳤다가
다시 떨어지기도 하면서 깨끗한 길을 걷기 시작하였다.
그녀는 나즉나즉 자신의 이야기를 털어놓기도 했다.

그녀는 자신이 자란 동네에서 초중고를 모두 다녔다.
그리고 대학도 경주에 있는 D대학에 들어갔다.
다른 곳이라고는 여행 때 가본 경험과 대구의 동생집에
가본 것 밖에 없었다. 집안의 맏딸이었던 그녀는
20여 년을 부모의 무릎 아래서 전혀 벗어나지 못했다.
그것은 우직한 공무원이었던 아버지가, 딸년은

집바깥을 돌면 못쓰는 법이여,하는 옛 어른들의 말을
지나치게 신봉했기 때문이었다. 그래서인지 그녀는 백마의
기사가 나타나, 그녀를 아주 먼 곳으로 데려다주길
바라고 있었다. 일종의 신데렐라 컴플렉스인데,
그 컴플렉스를 알맞게 채워줄 사람이 나타난 것이었고,
알고 보니 그게 나였다.

한참을 걸은 뒤 다리가 피로해져 오는 것을 느낀 우리는,
넓은 창문이 있는 호텔커피숍으로 들어갔다.
겨울이라 폭포는 시늉만 하듯 쩰쩰 물줄기를 흘리고
있었지만, 창바깥으로 꾸며놓은 풍경은 인공으로
꾸민 것치고는 시원스럽고 볼 만하였다. 우린 끝도 없는
대화에 열중하여 마치 자신이 세게를 한꺼번에 모두
보여주고 싶은 열정에 사로잡힌 사람처럼 신나 하였다.
이윽고 뉘엿뉘엿 해가 지고 있었다.

그녀가 문득 화장실에 다녀올 동안 나는 그 폭포의
실물줄기를 보며 운명의 흐름 같은 것을 생각했다.
이 여자는 도대체 누구인가?하는 의문이 돋아나오며,
아직은 더 살펴봐야지,하는 대책을 이어서 내놓고 있었다.
하지만 뭔지 모르는 운명의 예인을 느끼는 것은
사실이었다. 아름답고 순수하고 편안한 여인.
내 마음속에 신비한 세 글자로 찍힌 아주 평범한 이름,
김선희란 여인의 세 가지 중심 이미지였다.
무엇인가 내 마음속으로 흘러 들어오는 물줄기를
느끼고 있었다.

그녀를 바라본 것은 그때였다.
화장실에서 손을 씻은 듯한 그녀가 두 손을 비비며
나오는 때에, 창밖의 석양이 그녀의 뺨에 홍조를
더욱 짙게 했고 눈빛은 더욱 아름다운 갈색으로 빛나게
했던, 그 눈부신 순간. 그날 그 시각의 그녀는 마치
하나의 장엄한 스틸사진처럼 내 마음에 들어와 박혔다.
아아, 이 여인은 누구인가.

2

우리가 만난 것은 1월 1일이었고, 우리가 결혼한 것은
같은 해 9월 9일이었다. 우리가 연애라고 주장할 수
있는 기간은 그러니까 8개월 8일이었다. 아내는
같은 숫자가 기묘하게 중첩되는 우리의 날짜들에 대해
어떤 신비한 의미를 부여하고 싶어한다.

8개월 8일 동안 우린 뭘 했던가? 나는 서울에서 직장을
다니고 있었고 그녀는 경주에서 역시 직장생활을 하고
있었기에, 그리 자주 만날 수는 없었다. 그러나 우린
갖가지 핑계를 만들어 뻔질나게 서울과 경주를 오갔다.

8개월 8일은 그러나 8년이 지난 지금 세목(細目)들이
기억 속에서 많이 지워져 있다. 왜 그런지 모르겠다.
비교적 조심성 많고 우유부단하고 까다로운 내가,
1년도 채 못되는 기간에 비교적 쉽게 결혼으로
진입한 과정에 대해 자세하게 기억하지 못하는 것은

이상하다.

지금 와서 만남과 결혼이란 방정식의 숨겨진 중항(中項)
들을 새삼 찾아내려는 노력은 우스워보이기도 한다.
어쨌든 결혼했지 않느냐는 현실적인 논리로 기억발굴의
수고를 회피해온 점도 있었다.

이쯤에서 나는 내 청춘의 나날을 무늬지어온
연애사(史)에 대해 개략적으로 짚고 넘어가야 한다.
나는 아내를 만나기 전,
아주 굵직한 두 번의 연애를 치렀다.

첫 번째 연애 상대는 스무살 때 만난, 김영아라는
여인이었다. 그녀는 대학에 낙방하고 재수를 하다가 다방
DJ라는 샛길로 빠지게 된, 나보다 한살 많은 여자였다.

그녀와의 연애는 그 나이 때가 으레 그렇듯이 상상력으로
관계의 대부분이 채워진, 환상연애였다. 실지로 그녀와는
몇 마디 대화를 나눈 것이 실제적인 만남의 전부였다.
수없이 오간 편지와 그리고 멀리서 바라보는 시선만으로도
충분히 황홀해져 2년여를 꿈같이 보냈다.

손끝이 한번 스친 것 이외에는 어떤 몸사랑의 기억도
없었다. 그녀가 편지로 부쳐준 사진 두 장에 수없이 입을
맞추며 그리움을 증폭시키곤 했던 이 연애야말로
나의 사랑의 원형을 이루는, 젊은 날의 밑변이 되었다.

이 연애가 끝나는 것은 나의 부주의함과 영아 쪽에서
생긴, 내가 모를 갈등 때문이었다. 그녀는 아직 어린
나이인데도 담배를 피우고 있었다. 다방이라는
직장이 그녀에게 강요하는, 수많은 타락의 위험에 봉착해
있었거나, 그 위험이 진행되고 있는 중이었다는 것을
지금에야 어렴풋이 짐작하게 된다.

그녀는 언젠가 편지에서 '죽은 고양이 위에 피어난
장미'에 관해 얘기하고 있었는데,
그것은 내가 바라보는 그녀와 현실의 그녀가 아주
다르다는 암시였던 것 같다. 내가 순결하고 순진한
열정으로 그녀에게 몰두하는 것이, 오히려 그녀에겐
짐이 되었던 모양이다.
혹시나 그녀의 실상을 알게된 다음 내가 치르게 될
충격에 대해 염려하기도 하였던 모양이다.
어쨌든 그녀는, 우리가 도무지 하나도
요철(凹凸)이라고는 맞는 구석이 없는, 희망없는
관계라고 규정지었고, 그리고 떠나갔다.
나는 그런 그녀의 기분과 정황을 헤아릴 여유 없이,
다른 남자가 생긴 것으로 이해하거나 내게
싫증을 느낀 것으로 받아들여 무척 화가 났었다.
나의 분개와 그녀의 회피가 하나의 의견으로 조율될
때쯤 해서, 우린 마치 토라지듯이 헤어져버렸다.

그것이 나의 첫 사랑이었다.

두 번째 연애는 내가 군대에서 제대하고 놀고 있던
무렵인 스물 다섯살 때였다. 대학 도서관에서 만난 그녀는
아내와 같은 학교 같은 학번이었다.
경주에 있던 그 대학 캠퍼스에, 휴학중이었던 나는
공부를 하러 자주 들락거렸고, 그러다가 우연히 그 대학의
타임반에 준회원으로 가입하여 활동하게 되었다.
그녀는 거기서 부회장을 맡고 있던 영문과 학생이었다.

몸매가 통통하고 얼굴도 눈도 땡글땡글하여 얼마 전
전영록과 이혼한 탤런트 이미영을 닮은 그녀는,
물론 그 무렵 영어귀신이라고 불리었던 내게 관심이 없진
않았겠으나, 그것은 그냥 같은 동아리에서 활동하는
회원끼리의 관심을 별루 웃돌지 않는 것이었다.
그러나 나는 언제부터인가 그녀가 좋아지게 되었다.
이것이 어찌 보면 처절하기까지 한 나의 시독한 짝사랑의
시작이었다.

군대서 제대한 지 얼마 되지 않아서였을까. 나는 사랑에
굶주렸던 사람처럼 그녀에게 나의 모든 열정을
퍼부었다. 그러나 그것이 잘못이었다.
처음에 흥미롭게 나를 바라보던 그녀는, 금방 나를
멀리하게 되었는데, 마치 람보처럼 대책 없이 덤벼드는
내가 어쩐지 두려웠을 것이다.

이 사랑은, 내가 벌인 교회자살 소동으로 어느 정도
끝이 났고, 내가 미련을 버리지 못하여 3년 후에

재회하자는 제안을 남기고 헤어진 뒤,
그녀가 아주 깨끗이 그 제안을 위약(違約)함으로써
말끔하게 끝이 났다.

이 두 번의 사랑은 물론, 사랑이 기본적으로
갖춰야할 필요 조건마저 갖추지 않은,
허황하고 일방적인 사랑이었으나, 내게 너무나 강렬한
기억으로 남아 이후의 모든 만남에 하나의 기준들로
간섭해온 점이 있었다.

두 번째 그녀와 헤어진 것은 87년이었고,
다시 만나자고 한 것은 90년이었다.
90년이란 해는 아내를 만난 해가 아니었던가. 물론
87년과 90년 사이에도 만남은 없지 않았다.
그러나 그 만남들은 두 번의 사랑의 여진(餘震)에 시달리는
내게 하나의 헛것처럼 다가온 현실이었을 뿐, 늘
생각의 종점은 앞의 두 여인이었다.
지금 만나고 있는 사람과 영아, 혹은 두 번째 여인과의
대차대조표를 그려 스스로를 고통스럽게 만드는
행위들의 반복일 뿐이었다.

현실의 그 얼굴은 앞의 그녀들의 얼굴에 중첩되어
어른거릴 뿐이었고, 나는 현실을 만나면서도, 정신이
따라오지 않는 나의 위선에 끊임없이 조소하고 있었다.
그러니 뭐가 될 리 있었겠는가.

그러던 방황의 끝에 만난 것이 김선희였다. 그것도
연애가 아닌 중매로 말이다. 그녀가 비로소 내게
현실로 다가온 여자였다. 내게 사랑의 여왕으로 군림해온
두 여자의 얼굴형과도 전혀 다른 모습으로, 그녀는
오랫동안 팔린 정신을 수습해준 여자였다.

영아와 두 번째 여자는 아주 통통하고 귀여운 타입
이었지만, 아내는 비교적 야윈 체형에다, 의젓한
여인이었다.

내가 앞선 두 여인을, 아내로 하여 하나의 과거지사로
만들 수 있었던 것은, 물론 전적으로 아내의 힘만은
아닌 것인지도 모른다. 나는 과거의 유령에 지쳐 있었고,
마침 그때 아내가 나타나준 것인지도 모른다. 어쨌든
나는 첫사랑과 짝사랑의 마법에 비로소 풀려나, 한 여인을
바로 바라보게 되었다. 그 새로운 시선이 머무는 곳에
그녀가 있었다.

아내와 내가 누렸던 8개월 8일의 연애는, 폭풍 같은
행복은 아니었다. 아내는 담백하고 편안한
여자였다. 내가 전화를 걸면 그녀는 할 말이 궁해진
사람처럼 안절부절한다. 언외언(言外言)으로 다가오는
느낌의 동선(動線)이 말보다 훨씬 곱다.
만나서도 그저 꼭 필요한 말만을 한다. 그 싱거움이
나의 들뜬 상상력들을 차분히 가라앉힌다. 우린 알맞게
중화(中和)된 관계의 체온으로, 현실을 헤엄쳐 가는

부력(浮力)을 만들어냈다. 8년을 무사고로 헤엄쳐 온,
맨숭맨숭한 사랑의 비결이다.

나의 8개월 8일의 기억을 잘라버린 것도, 사건들의
평범함이리라. 아주 평범하게 서로 하나가 되어갔던 그
시간들이 마치 한 덩어리의 삶처럼 포괄적으로
다가오기 때문이리라.
그녀는 콜라 같은 여인이 아니라 숭늉 같은 여자였다.

내가 이 글을 쓰기 시작했을 때, 그 글의 모양새가
지금처럼 무늬지어 갈 것이라고는 생각하지 못했다.
그러니까 이 글이 나아가는 방향은
애초에 겨냥한 그림의 얼개에 덧칠을 하는 방식의 작업은
이미 아니다. 전적인 우연, 아니 과거라는 시간과
지금의 내가 대화하는 아주 특별한 기록인지 모른다.

애당초 아내에 관한, 도큐멘터리적인 글을 쓰려고 한 건
아니었다. 추억을 복원해 가는 작업이란, 어찌 보면
추억을 있는 그대로 복원해나가는 작업이 아니라, 추억을
재해석해나가는 작업인지 모른다.

그녀와의 혼전 교유(交遊) 8개월 8일은, 두어 가지
측면에서 연애와는 다른 것이었다. 중매결혼을 위한 사귐
으로는 다소 긴 기간이긴 하였지만, 그 길이만으로
그것을 연애라 부르기는 어려운 점이 있었다.

첫째, 우린 강박에 쫓기고 있었다. 아내는 물론 동생의
결혼 일정에 맞춰 자신의 결혼을 생각해야하는
부담까지 있었다. 나도 어머니와 그녀 어머니, 그리고
매파인 먼 이모의 눈을 의식하지 않을 수 없었다.
가부(可否)라는 말로 요약할 수 있는, 우리의 관계에
관한 전망을 가지고 있어야 했다. 그녀에게
내가 맘에 드냐고 통속적으로 물었을 때, 그녀는
놀랍게도 그것을 수학적으로(?) 표현했다. 처음엔
60%였고 그 다음에 물었을 땐 70%, 그리고 우리가
결혼을 결심하였던 날은, 그 수치가 95%까지
올라가 있었다. 이 같은 외형적인 관계가 중요시되다
보니, 그것은 다만 어떤 협상의 형태를 띠는
분위기였고, 내면적 결속을 확인하거나, 속궁합이라
부르는 진정한 생각의 조화(調和)에 생각이 미칠
여유가 없었다.

두 번째는 어떤 두려움이었다. 우린 둘다 어떤 의미에서
연애의 실패자였다. 둘 다 아픈 이별을 맛보았다.
사랑이란 것이 가진 두 얼굴, 달콤한 짧은 만남과 쓰라린
긴 이별에 대해 개관하게 된 때였다.
달콤함의 기억은 쓰라림 속에서 더욱 쓰디쓴 아픔으로
남게 되던 때였다. 그러니 이별 컴플렉스랄까,
그런 것들에 시달리고 있었다.

아내는 우연히 닥쳐온 이 행운(?)을 놓치고 싶지
않았으리라. 그것을 행운이라고 표현하는 것은 자화자찬

이 아니라, 시골에서 선택할 수 있는 상대의 범위를
고려할 때, 비교우위에 있는 신랑감이었을 것이
분명하다. 나중에 들은 얘기지만 그녀에게도 그녀를
죽자살자 쫓아다니는 같은 대학의 사내 하나가 있었다.
그러나 사랑의 공식이 그렇듯, 그녀는 그러는 그가
마음에 들지 않았다. 왠지 싸구려처럼 보이기도
했으리라. 이 사내가 목숨걸고 덤비자, 사내의 어머니가
그녀를 만나기도 했던 모양이다. 사람 하나 살리는
셈치고 만나나 줘라,는 하소연을 했단다. 그러나 그녀는
그러는 그가 더욱 싫어져서 도망만 다녔다고 한다.

또 한 남자가 있었다고 한다. 결혼한 뒤 어느 날 아내의
수첩에서 그의 이름을 보았다. 누구냐고 물었더니,
아내는 얼굴을 약간 붉히며 얼버무린다.
좋았던 사람인가 보다. 더 캐묻지는 않았다. 어떤
사연으로 인연을 계속하지 못했던 모양이다. 내가 아는
그녀의 연애는 그것이다. 수첩의 그 남자는 홍콩인가로
떠났다고 한다. 내가 그녀를 만났을 무렵, 그녀에게는
연애의 기회도 거의 희박했다. 거기다가 부모의
결혼채근에 시달리고 있었다. 그러니 생각지도 않게
나타난, 나란 사람을 놓치고 싶지 않았을 것이다.

나도 두려웠다. 그녀는 예뻤고, 직장에서 벌이는 송년
파티에 데리고 나가도 내 허영심을 알맞게는 만족
시켜줄 수 있는 그런 기품을 갖추고 있다고 생각했다.
그러나 나는 그녀를 만나기 전에 만났던 두 여자에게

결정적으로 따돌림을 받았고, 그런 악몽에서
완전히 헤어나지 못하고 있었다. 혹시나 이 여자도
나를 떠나갈 지 모른다는 불안 같은 것이 늘 숨어있었다.
그녀가 나에겐 과분한 여자라고 생각했기에 더욱
그러했다. 결혼이라는 구속의 틀은, 나처럼 매력 없는
남자에겐 알맞은 제도적 장치일지 모른다고 생각하기까지
했다. 지금 돌이켜보면 참으로 어리석은 생각이었지만,
난 결혼으로 그녀를 묶으려고 생각했다.

이 참으로 가벼운 동기들, 어찌 보면 너무 가벼워서
위험해 보이는 동기들이, 당시 우리 만남의 자장(磁場)을
형성하는 것들이었다. 중매라는 것이 주는 압박,
그리고 다시 이 사람과 헤어져서 새롭게 시작하면서
치러야할, 보장 없는 만남을 위한 허위적거림들에 대한
두려움, 그런 느낌들이 우리의 밀착을 사주하는
것들이었다. 거기엔 연애의 뜨거운 체온이나 미친 듯한
그리움이 끼여들 겨를이 없었다.

그것이 8개월 8일의 조감도다. 그 8개월 8일 속에는
숨막히는 첫 키스와, 느닷없이 함께 지새게 된 밤과,
파도 몰아치는 바닷가의 속삭임과, 차라리
헤어지고 싶다고 중얼거렸던, 울릉도의 슬픈 전투가
어디엔가 들어있을 것이다.

당장 첫 만남이 있던 1월 1일 이후, 두 번째 만남을
나는 기억해내지 못했다. 아내는, 나의 불량한 기억력에

뾰로통해지면서, 아주 놀랍게도 자세히 그 이튿날에 대해
얘기해준다. "당신이 오늘은 서울 올라간다고, 한번 다시
봐야겠다고 하지 않았어요?"
그리고 우린 천마총에 가서 어깨동무를 하고 사진을
찍기까지 했고, 그녀에게 나는 변진섭의 '새들처럼'이 든,
레코드판을 사줬다.

이렇듯 나머지 날들도 아주 정연한 문맥으로 행위의
공백을 채워나갔을 것이다. 다만 그것은 외형적인
반듯함이었다. 내가 그 시절을 생각하며 왠지 공허함을
느끼는 것은 우리가 그런 반듯함 속에서 채 검증하지
못하고 지나쳤던 아주 원초적인 질문이었다.

넌 날 사랑하니?
난 널 사랑하나?
이런 질문들 말이다.

왜 이런 질문들을 생략했을까? 그것이 왜
"나와 결혼해주겠어?"라는 아주 구체적인 질문으로만
나와야했을까? 쫓기고 있었기 때문에? 혹시나 헤어질까봐
불안해서?

물론 우리가 살면서 배워온 사람에 대한 통밥은 있다.
저 사람 정도면 함께 살아도 될 것이다,라는 정도의
확률적인 전망같은 것 말이다.
우리가 삶의 나머지를 기탁한 결혼이라는 행위에

우린 저 어줍잖은 세속의 통밥만을 굴리고 있었단 말인가.
그리고 그녀를 만나면서, 내가 그녀를 탐색한 것이
있다면 그것은 그녀의 흠과 결점을 찾아내어 나의 판단에
참고하고자 함이 아니었다. 오히려 그 반대였다.
나는 그녀의 흠과 결점을 감추고 안 보고자 노력했다.
그런 것들이 얼핏 드러나거나 하면, 나는
재빨리 그것들을 외면했다.
그리고는 스스로를 최면걸었다. 나는 가장 훌륭한 여인과
만났으며, 그리고 곧 결혼할 거라고.
왜 그랬을까?

그런 단점들을 한눈에 안 보이게 만드는, 눈부신 장점이
있었기 때문일까? 사소한 결점들이란 누구에게나
있는 것이고, 그녀를 어떤 식으로 재단하고
매도하기보다는, 이제 내 사람으로 감싸줘야 한다는
마음이 컸기 때문일까.

이 의문들을 풀기 위하여, 나는 좀더 나의 내면의
깊은 곳으로 들어가보지 않으면 안 된다. 내가 그녀를
만나기 전에 가졌던 고독과 광기 속으로.

3

나는 고의적으로 두 여자와 아내 사이의 내 삶을
빠뜨려왔다.
두번째 사람과 사실상 헤어진 1987년과 아내를 만난

1991년 사이. 1987년 자살소동 이후에 나는
정신적 공황에 시달렸다. 사랑이라는 것에 대한 비웃음이
씰룩거리는 입술 위로 터져나왔다.
그것은 단지 멋부리기 위한 허탈감이 아니라, 진짜
정신의 내부에서 구역(嘔逆)하는 아픔 같은 것이었다.
중심이 망가지는 소리였다.

그 두 번째 사랑은, 내가 영아를 잃은 이후, 간신히
손바닥등(燈)으로 바람을 가리고 있던 촛불의
불안한 일렁임을 후우 꺼버린 야멸찬 확인사살이었다.
나는 깨끗이 죽었었다.
드라마틱한 분위기를 내자는 것은 아니다.
그 당시의 공허한 표정들의 내부가 얼마나 완벽하게
부서져 있었는지를 회억할 따름이다.

나는 나를 팽개치는 기분이었다.
지극히 동물적인, 반사적인 행위의 줄 위에서 춤추고자
하였다. 그것이 나의 스물 일곱이었다.
나는 몇 여자를 만났고, 그 몸냄새에 코를 킁킁거리며
망가진 정신의 피비린내를 덮으려했다.

아내는 그 쓸쓸한 끝자락에서, 아주 우연히 만난 것이었다.
아아 그러나 나는 아내를, 첫 영아의 사랑으로
복원하여 관계하지 못하였다.
지독한 또하나의 페르소나로 아내에게 다가간 것이었다.
8개월 8일을 억누른 내 마음의 비밀은

어쩌면 이같은 정신과 육체의 불화, 혹은 언어와 사유의
불일치에서 오는 기억력의 어눌함인지 모른다.

우린 어쩌면 정신적으로도 완벽한 중매였다.
누군가가 우리를 이어주었고, 우린 그 형식의 편안함
아래에서 뜨거운 내면의 장력(張力)으로 이어야하는
사랑의 수고를 생략한 채, 여기까지 왔다.

8개월 8일이 아니라, 8년을 말이다.
우리가 통과한 시간들은, 그러나 껍데기의 시간은
아니었다. 나는 결혼한 뒤에, 아니 지금까지
늘 그녀를 발견하곤 한다. 아주 새로운 모습의 그녀들을.

물론 내 정신의 순결을 옥죄어온 영아나 두 번째 여인의
굴레는 벗이던진 지 오래이다.
이젠 다른 문제가 다가와 있다.
그녀와 나의 취향의 심각한 차이라는 문제다.
그러나 그것에는 거의 그녀가 일방적으로 양보해왔고,
나는 내 취향을 누려온 셈이다.
이를 테면 통신글쓰기 같은 것 말이다.
나의 글쓰기 모두는, 그녀의 철저한 희생에 빚지고 있다.
그러나 언제나 나는 투덜거린다. 그녀가 통신이란 유령을
질투하는 것에 대해 한심해한다. 밤마다 비워둔,
그녀의 옆자리엔 다른 하얀 유령이 잔다. 내가 다른
유령을 껴안고 있는 동안.
우리는 정말 취향이 다르다.

대림동의 작은 방에서 이곳 의정부의 아파트로 오기까지
나는 아이 셋을 낳았고,
두 개의 신문사를 떠돌아다녔으며,
몇 번의 심각한 부부싸움을 치렀으며,
또 그 지독한 후유증을 앓기도 했다.

솜이를 임신했을 때 아내는 나와 지독하게 싸운 뒤,
배불뚝이 몸으로 맥주를 병째 벌컥벌컥 마셨다.
나는 그 행위가 너무나 섬뜩했다.
뱃속의 아기에 대한 테러행위같았다.
그 뒤 아내는 단지 갈증이었다고 내게 여러 번
말해주었지만, 그때의 섬뜩한 기분은 지워지지 않았다.

아아 우린 정말 많이 싸웠다.
어떤 날은 이웃집이 하도 싸우기에 우리도 덩달아
싸워본 적도 있다.
그런 싸움들은 그녀와 나의 고집의 크기를
말해주는 것이지만, 힘겨운 전선을 지나면서, 우린 서로를
조금씩 알아가는 것이기도 했다.
누군가 내게 결혼에 관해 물었을 때,
나는 냉큼 대답해주었다. 결혼은 컴프로마이스라고.
내 자리와 그녀의 자리를 조금씩 양보하여
서로 비슷한 중심으로 모여드는 것이라고.
결혼은 화해라고. 끊임없는 협상의 과정을 치르며,
그녀의 개요를 이해하고, 나의 요점을 주지시키는,
인생공부라고. 그리고 더욱 중요한 것은,

차이를 그냥 차이로 둘 줄도 알게 되는 것이라고.
죽어도 굽어지지 않는 외고집들을
그저 인정할 줄도 알게 되는 것이라고.

처음에 아내와 시장을 보러갔을 때,
그녀의 당황한 빛을 잊지 못한다.
무엇을 사야할지를 몰라,
내 눈치만 보고있던 아름답고 귀여운 그녀를.
내가 옆구리 쿡 찔러, 고추를 사게 하고,
또 한번 찔러 감자를 사게 하던,
소꿉놀이 같은 우리의 시작을 잊지 못한다.

솔이를 가졌을 때, 여행광이던 우리 둘은,
아내가 거의 만삭이 된 몸이었는데도 주왕산에
늘러갔있다. 그 여름밤 아내와 나는
자정이 넘은 시각에
계곡 맑은 물에 벌거벗고 둘이 주저앉아
귀를 씻는 상쾌한 물소리를 들으며
초롱초롱한 별들을
오랫동안 바라보고 있었다.

솔이 생일 때였던가. 그녀와 나는 색깔찰흙을 사와,
창문에다가 열심히 별님이랑 달님이랑을 만들어 붙이고,
그 옆에는 '솔이 사랑해' 아빠와 엄마 씀,이라고
글자를 만들어 붙여놓은 뒤
하늘거리는 촛불 앞에서 행복해하던 적도 있었다.

그런 추억들이 얽혀버렸다. 내가 마치 형사처럼
사랑의 혐의를 수사해 들어가기도 전에,
그녀는 이제 나의 삶의 가장 중요한 무늬가 되어버렸다.
불화도 다정도 함께 얽힌 그리운 질곡이 되어버렸다.
그것이 나의 아내의 실체이다. 김선희이다.

문득 돌이켜 보면 스무 살부터 스물 일곱까지 나를
헛물켜게 했던 그 사랑의 그림자란,
결국 무지개 같은 것이었는지도 모른다는 생각에 이른다.
사랑이란 오히려, 저 투박한 삶의 궤적 속에
문득 홀연히 깃든, 존재들의 아름다운
어깨부빔이 아닌가 싶다.
그렇다면
내 첫사랑이야 말로
인간 김선희다.

오늘도, 내가 베고 잘 베개를 껴안고 저기 그리움 속에
잠들어 있는, 부지런하고 욕심많고
아이들 뒷바라지하느라 청춘도 헌납한,
저 늙어가는 여자다.

언젠가였다.
겉장에 해바라기가 그려진 노오란 가계부를
들추어 보던 날.
그날도 술이 무척 취해서였다.
그 해바라기 기억난다.

회사에서 이런저런 경로로 꼬불쳐오곤 했던 가계부들이
모두들 신통찮게스리 솜이 노트짝만도 못하다고
내팽개치던 아내가 내게 차라리
돈을 좀 쓰더라도 괜찮은 가계부노트를 하나 사자고
말하던 날, 우린 앞동네의 문방구를 찾았었다.
산돌이네처럼 쓰임새도 불분명한 586 노트북이
날렵하게 계산대 옆에 앉아있는
호화판 문방구는 아니었지만,
그래도 꽤 다양한 종류의 가계부를 비치하고 있는
실속있는 가게였다. 아, 이거다.
노오란 하드커버에 해바라기 꽃잎이 마치 실물처럼
얹힌 가계부가 아내의 손에 들려 내게 지불을
요구하고 있었다.
그 가계부였다.

요즘 살림은 제대로 사나.
어느 날 문학동 모임에서
4차까지 이어지는 찐한 술을 먹고 택시비 약 2만원을
출혈한 채 새벽 두시에 들어온 나는,
괜히 나의 낭비 혐의를 아내에게로 수평이동하여,
그 가계부를 들춰본다.
그런데 놀랍게도 그 노트는 콩나물값 얼마, 꽁치 허리는
얼마가 적혀있지 않았다. 그것은
지나간 한달치 그녀의 인생이 또박또박 새겨져 있는,
그녀의 속내가 지니치리만큼 리얼하게 적혀 있는,
일기였다.

“나는 정말 남편을 이해할 수 없다. 남편은 제멋대로다.
남편이 화가 나 빽빽 소리를 지를 때면 나는
미쳐버릴 것만 같다.
그는 자신만을 위해 산다. 자기만 신나게 산다.
나는 쓰레기통에 구겨진 휴지 같다.
아파트에 갇혀 늙어간다.
솜이의 준비물을 챙기면서 나는 울었다.
내가 무엇을 위해 살고 있나.
나는 너무 외롭다.
인정하고 싶진 않지만 남편을 일년 전쯤에
잃어버렸다…”로
시작하는 그 일기는, 너무나도 냉혹한 시선으로 바라본
나에 관한 관찰기였고, 그녀 자신에 대한 통찰이었다.

나의 호칭은 ‘그이’도 아니고, ‘그 사람’도 아닌,
싸늘하기 짝이 없는, 마치 이혼법정에서
자기 짝을 가리키는 듯한,
바로 그 ‘남편’이라는 표현이었다.
나는 술이 확 깼다.

아내에게 찾아온 지독한 고립감과 상실감이
이 한 마디 말에 퍼런 멍처럼 무늬지어 있다.

진짜 해바라기처럼 남편이란 태양만을 바라보며
살아온 것으로 믿었던 아내의, 저 해바라기
가계부에 든 남편에 관한 계산서는

이미 지불이 끝난 영수증처럼
냉담하고 정연했다.

아내의 일기는 마치 창자 속으로 들어온 내시경인양
나의 사생활을 필름처럼 찍어내고 있었다.
나의 무신경, 허랑방탕, 신뢰할 수 없음, 그리고 독선적임,
이기주의, 경박함까지…
매섭고 신랄한, 내 행위와 태도에 대한 항의들로
가득 차 있었다. 나는,
그 일기를 서둘러 덮었다.
더 이상 그녀의 '남편'으로 버티고 있을 수가 없었다.

아내의 내면이 토해놓은 '남편'과, 그녀가
하루하루 다정스럽게 대해주는 '자기',
끔찍한 두 겹의 삶이
도무지 겹쳐질 수 없는 불화로 내게 다가왔다.
물론 그 일기는, 나와 지독하게 싸운 뒤
격분이 가라앉지 않은 어느 날에 쓴, 아픈 기록일 것이다.
그러나 그럴 망정 그날의 나는
아내에게 무엇이었던가.

또 하나의 아내가 있다.
경상도 말로 '사(砂)고디'라 부르는,
충청도 말로 '올갱이'라 부르는,
작은 모랫고동 요리를 나는 무척이나 좋아한다.
시골의 장모는 나의 이런 식성을 알고는,

내가 처가를 찾아가는 날이면 언제나 이 특별메뉴를
준비하여 놓는다.
그런데 이 고동요리는 무척 품이 많이 가는 음식이다.
우선 수백 마리의 고동을 삶아,
바늘로 그 고동의 속을 빼낸다. 그리고는
국을 끓이거나 무치거나 한다.

아내도 가끔 시장에 고동이 보이면,
값에 상관하지 않고 비닐에 한 봉지씩
이 까다로운 반찬거리를 사온다.
그리고는 제법 한 바구니가 되는 고동을 삶은 뒤
바늘로, 그 각질 속의 살들을 파내기 시작한다.
스무 개 쯤 파내야 한 숟갈이 될까.
나는 옆에 앉아 기다렸다가, 그녀가 한 숟갈을 파내면
입 속에 넣어 맛있게 삼킨다.
그녀는 다시 고동을 파낸다.
국거리로 애써 파놓은 고동을 냉큼 냉큼
먹어버리는 데도, 아내는 나를 귀엽다는 듯이
따뜻한 눈으로 바라보며 웃는다.

수백 마리의 고동을 파내야 한 끼의 국을 만들 수 있다.
아내는 그 수고가 아주 즐거운 모양이다.
신랑이 좋아하는 음식을 살뜰히 장만하고 있다는
뿌듯함이 아내의 넉넉한 시선에서 느껴진다.
마치 천사같은 이 여자는 누구인가.
나를 위한 저 하염없는 노동과 수고.

그것에 저렇듯 행복해지는 저 여자는 대체 누구인가.

모를 일이다.
아내란 이렇듯, 천장과 바닥을 오가는 존재다.
가끔 나의 원죄이기도 했다가,
이렇듯 더없는 즐거움의 배후이기도 하다.
김선희를 생각하는 것은, 내 삶을 움직이는 덧없는
호오(好惡)의 지름을 재는 것과도 같다.
어느 한 값이 다른 값을 누르지 못하는,
대척점을 오가며
나는 이제 나의 나눈몸이 되어버린
여자, 김선희를 만난다.

침대의 한쪽 귀에
지금
나비처럼 붙어 잠든 여자를.

(사자리의 추억)

10월 31일.

시월이 가고 십일월이 오는 이 날은
우수수 떨어지는 붉고 노란 잎사귀들의 쓸쓸한 낙하와
함께, 1년이라는 시간의 몰락을 섬세하게 상징하는 추회로
얽혀있는 듯하다.

먼 세월이었다. 잡힐 듯 잡힐 듯 끝내 멀어져 가버린
사랑의 한끝을 잡고 미련의 긴 끈을 늘여오던 것이.

시월의 마지막 밤은 그런 한 가닥의 희망마저 찬이슬에
젖게 한다.

어느 광고회사에 다니던 나는 일주일 앞으로 다가온
비제바노 광고기획 프레젠테이션을 팽개치고 고향인
경주로 향한 고속버스를 타고있었다.

지난 5년 얼마나 미친 듯이 살아온 인생이었던가.
광고쟁이로서의 끼, 열정, 사랑, 영혼, 프로 근성 뭐 이런

말들이 풍기는 집요함과 지독함에 반하여 얼마나
미친듯이 줄달음쳐 온 세월이었던가.

대학 4학년 시절 도서관의 바퀴벌레처럼 책 주위를 훑고
다녔던 탓에, 잘 나가는 광고회사에 수석으로 합격해,
윗 분들의 격려와 기대의 눈초리를 한 몸에 받으면서,
동기나 아래위 선후배들의 질시까지 한 몸에 받으면서,
최초의 프레젠테이터가 되었고, 최초로 30억짜리 광고주를
물어왔고, 최초로 대리승진을 했으며, 꽤 큰 규모의
광고대상 수상작을 몇번 내, 벌써 그 물에서는 이름이
알려지기 시작할 무렵에 와 있었다.
그런 잘 나가는 나였다.

"오늘은 날 죽인다해도 난 가야합니다."
국장께 과장스런 몸짓을 섞어가며 호소를 했지만,
그렇다고 과장은 아니었다.
오늘.
시월의 마지막 밤.
난 5년 전에, 그녀와 만나기로 약속했던 터였다.

고속버스 안에서 난 온갖 상상의 날개를 폈다.
그녀는 대학을 졸업한 뒤, 어느 여자고등학교의 영어
선생님이 됐다는 소문을 들었다.

얼마나 변했을까. 그 크고 둥글고 서글서글한 눈은
아마 그대로겠지. 호동그라니 나를 쳐다보던 그 눈.

그리고 붉은 장밋빛을 내던 그 뺨도. 그 칠흑의 밤,
꿈도 없는 잠과 같은 그 머리카락의 섬세하고
부드러운 일렁거림. 비에 젖은 듯이 촉촉한 그 목소리.
수줍게 어깨를 옹크리며 걷던 귀여운 걸음걸이.
5년의 세월이 그녀에게 어떤 지문을 얹어놓았을까?

고속버스 바깥에 휙휙 스쳐가는 스산한 가을 풍경을
바라보면서 나는 그런 상상에 들떠 있었다.

하지만, 너무 기대하면 안 돼.
맘을 독하게 먹어야한다는 생각이 몰려왔다.
5년 전 그녀와 헤어진 것은 나의 지독한 짝사랑의 휴전(?)
협정으로 이뤄진 것이었다. 군대 제대한 뒤 약 3년 동안
그녀에 대한 그리움의 열병을 톡톡히 앓았던 나는,
도대체 왜 그녀가 나를 피하는지 상상조차 안 갔다.
사실, 내가 너무 간 쓸개 다 빼주며 좋아한다니까
값어치 없는 인간처럼 느껴져서 그런가부다라는
짐작은 갔지만, 그래도 내가 있는 정성 없는 정성 다
바치면 내게로 오겠지. 그런 실낱같은 기대로 버텨온 3년.
그러나 끝내 그녀는 문을 열지 않았다.

하지만 긴 줄다리기에 그녀도 지쳤고 나도 지쳤다.
그녀가 말했다. "이제 그만 휴전해요"
내가 말했다 "휴전? 그게 무슨 뜻이야?"
"이제 좀 쉬기로 해요. 좀 쉬면서 자기생활을 좀 하도록
해요. 그러면 좀 나아지겠죠."

"쉰다구? 헤어지자는 뜻이야?"
"참!!! 헤어지긴요? 우리가 언제 만난 적이 있었나요?
우린 그저 악다구니로 싸우고만 있었던거예요.
마치 적군처럼"
"……"

우리가 언제 만난 적이 있었던가?
휴! 지독한 독설이다.
하지만 진짜였다.
없었다.
언제나 내가 그녀의 집앞 골목에서 기다렸고, 도서관을
추격하여 그녀를 납치해서 다방에 앉혔다.
두어 시간의 온갖 훈계와 괴상한 논리로 그녀의 검은
두 눈에 눈물이 고이게 했고 그리곤 후회했다.
그녀가 휴전세의를 했던 닐, 그 날이 시월의 미지막
밤이었다.

나는 그날도 훌쩍이며 뛰어가는 그녀의 등뒤에 대고
"5년 후 여기 란다랑 커피숍에서 널 기다릴거야.
그땐 너도 나도 달라져있겠지"라고 소리쳤다.

그녀가 나의 말을 들었을까.
어쩌면 울며 달려가느라고 못 들었을지도 모른다.

란다랑 커피숍.
거긴 내가 죽음을 결심했던 운명의 장소였다.

시월의 마지막 밤이 오기 한달 전. 9월 30일 저녁 8시.
난 못 먹는 술에 취해 그녀의 집으로 전화를 했다.
"보고싶다. 죽도록…"
오늘 만나지 않으면 정말 죽을지도 몰라. 협박까지 했다.
"지금 저녁이 늦었구, 아버지가 외출 허락 안 하셔요."

다시 말하지만 너 지금 여기 오지 않으면 나
죽을지도 몰라.
"그러지 마세요. 나 당신이 착한 사람인 거 알아요.
뭐하러 저 같은 하찮은 여자 때문에 속태우시는지
모르겠어요."
안 나올거니? 정말…
"……"

전화를 끊었다. 그리고 생각했다.
내가 죽는다? 그게 가능할까?
그래 죽어보는 거야.
어디서 죽지?
어떻게 죽지?
그래. 그녀가 다니는 교회가 좋겠다.
오늘밤 거기서 죽어 널브러져 있으면 내일 일요일 주일날
그녀가 기도하러와서 보겠지. 그리곤 이다지도 무정하게
대했던 걸 후회할 거야. 아마도 섬뜩하겠지.
귀신이 돼서도 쫓아다닐까 봐 아마 죽은 뒤에는 많이
울어줄 거야. 얼마나 사랑했는지도 알아줄 거고.

내일 아침의 그런 상상이 마음에 들었다.
죽도록 내가 그녀를 사랑했음을 알리는 건, 정말 내가
죽어보이는 수밖에 없지 않은가? 그런 철없는
결론으로 치닫고 있었다. 지금 생각하면
유치한 맹목으로도 보이지만, 그때는 그런 결론이
필사적인 자기설명이었다.

나는 이곳 저곳 약국에 들러 수면제 50알을 샀다.
그리고 수면제가 잘 넘어가도록 종이팩 우유를 한통 샀다.
그리고는 그녀가 다니는 교회로 신도를 가장해
잠입(?)했다. 그리고 신도석에 앉아, 오늘밤 거사(?)를
혼자서 모의했다. 시간은 새벽 두 시로 정했다.
밤에서 아침으로 넘어가는 완벽한 정적의 시간.
그 시간이 맘에 들었다.

지금 열두시. 두 시간 후면 난 수면제를 한입 가득
털어넣고 우유를 벌컥벌컥 마신 뒤,
조용히 고개를 숙이는 거야. 기도하듯이.
그 해 구월의 마지막 밤은 추웠다. 아니 추운 건
아니었는지도 모른다. 내일이면 죽어나갈 나의 운명이
너무 어리석고 기구하게 느껴진 데다 버림받았다는
생각이 나를 떨게 했는지도 모른다.
어쨌든 와들와들 떨었다.
떨면서 나는 눈앞에 어슴푸레 비치는 은빛 십자가를
보았다.

갑자기 왈칵 눈물이 쏟아지기 시작했다.
한번 눈물샘이 터지자 그 뒤엔 봇물 같은 물줄기가
따라 올라왔다.
나는 엉엉 울었다.
옆옆자리에서 기도하던 어떤 아줌마가 그 울음을
오래 듣고 있었나 보다.
"오! 주여. 불쌍한 영혼을 위로하소서"라고 중얼거리는
소리가 들려왔다.

두 시간 후면 나는 죽는다. 그 사형선고가 나를 울게 했다.
눈물은 나의 옛날을 일깨웠다.

내가 망나니짓으로 괴롭혔던 사람들의 얼굴이 먼저
떠올랐다. 내가 시기하고 미워하고 약속을 저버렸던 벗과
이웃들의 얼굴이 떠올랐다. 나를 사랑해주던 사람들의
얼굴이 떠올랐다. 내가 만났던 모든 사람들이,
입체영화처럼 내 머리 주변을 뱅뱅 돌면서, 웃고 울고
말하고 화내고 낄낄대곤 했다.

내가 스물 다섯 해 세월 동안 스친 모든 인연들이
미슬미슬 낡은 필름으로 돌아가고 있었다.

그 필름의 마지막 장면은 놀랍게도 어머니 얼굴이었다.

똑똑한 막내아들 녀석에 대한 자부심으로 가득 찬 어머니,
우리 아들은 세상에서 제일 착하고 이쁜 신부한테

장가보낼 거라고 장담하시던 그 어머니. 뼈빠지게 모은
돈으로 두말없이 학비를 내주던 거친 손의 어머니.

어머니란 단어가 자극하는 신파조의 파토스가 어쩌면
그렇게도 따스한 아픔이던지…

아!
어머니.

어쨌든 흐느끼고 추회하고 몸을 떠는 사이에 새벽 두 시가
다 되었다. 이윽고 그녀를 생각하기 시작했다.

군대 제대한 뒤 첫눈에 사랑에 빠져버린 여자.

방학 때 내가 그녀 학교 타인반에 준회원자격으로
가입하고 난 뒤, 그녀를 사모하며 바라보던 세월은 얼마나
달콤하고 아프고 아름다웠던가.

영어사전을 달달 외워, 아예 '에센스' 라 불리던 내게,
동아리의 부회장이었던 그녀는 늘 한방씩 먹곤 했지.
그녀가 발표하는 날이면(타임지를 복사해, 번역해 나가는
형식의 발표였다), 내가 철저히 준비해 나가서, 문장
한 구절도 못 나가도록 박살(?)을 내놨거든. 일종의
악취미였겠지만, 그게 관심을 끌기 위한 나의 알량한
방식이었지.

어느 날, 그녀가 발표하는 날이었지. 내가 말끝마다
시시콜콜 물고 늘어진 데다, 전치사, 부사, 동사가 어디에
걸리고, 뜻이 애매해졌다는 둥, 요리조리 그녀의 말문을
막아버리자, 그녀는 한참 동안 말 않고 날 빤히
쳐다보더니, 갑자기 눈물을 주르르 흘리면서 강의실
밖으로 뛰어나갔지.

학생들 속에서 잠시 약간의 소란이 있었고, 난 그녀를
따라 복도로 뛰어나갔지. 그리고 사과했지.
"미안해. 난 그냥 지적해주려던 것뿐인데… 지나쳤나봐.
골탕먹이려던 건 아니었어."
그녀는 말없이 창밖만 바라보며 울고 있었다.

그 분위기엔 어울리지 않을 생각이었겠지만
그날 하늘을 쳐다보며 울고있는 그녀의 두 눈이
어쩌면 그렇게 아름다웠던지!

그녀를 정말 사랑하게 된 건 그때부터인지도 모른다.

아아 이젠 죽을 시간이다!
새벽 두시.

호주머니에서 수면제 봉지를 꺼냈다. 아주 천천히
손에 잡히는 대로 알약을 움켜쥐고, 입에 가득 넣었다.
그리곤 성경 놓는 받침대에 놓인 우유팩을 뜯어
쭈욱 들이켰다.

어머니!

그때 뒷자리에 중년의 아저씨 한 분이 앉았던 것 같다.
내가 미명에 어슴푸레 모양을 드러내는
은빛십자가를 몽환 속에 바라보고 있었을때, 목소리가
쩌렁쩌렁 들려왔다.

"주여 용서하옵소서. 제가 주를 믿지 않았나이다."

나는 크리스찬이 아니며, 종교에 대해 무지한지라
기도어법이란 게 있는지 어떤지도 모른다. 다만
그렇게 시작한 그분의 기도가 꼭 내 얘기를
하고 있다는 생각이 들었다. 내용은 이런 것이었다.

"네가 나의 사랑하는 아들일진대 내가 어찌
네가 원하는 것을 주지 않겠느냐?
내가 언제 너에게 주지 않는다고 말하더냐?
나는 너에게 네가 진정으로 원하기만 하면 모든 것을
준다고 하지 않았느냐?
지금 네 손에 없음은 아직 때가 아니라는 뜻이니라.
때가 이르지 않았다는 뜻이니라.
네가 정말 기도하고 간구하고 원하고 바란다면,
나는 너에게 주리라.
네가 나를 믿지 않고, 절망하여 돌아서는 순간,
그 순간이 네가 원하는 것을 가질 수 없게 되는
바로 그 순간이니라.

진정으로 원한다면, 기다려라.
그럼 반드시 내가 주리라."

그런 기도 속에서,
그런 쩌렁쩌렁한 새벽의 울림 속에서 나의 기억은
가물가물해져 갔다.
몽롱해지기 시작했다.
하지만 나는 일어섰다. 그리고 마치 누울 데를 찾는
강시처럼, 교회를 빠져나와 새벽길을 마구 걸어갔다.

눈도 거의 감고, 의식은 흐릿한 채, 나는
시내 근처의 숙부댁을 찾았다. 그리곤 깜짝 놀라는
친척들을 무심히 바라보면서, 사촌동생이 쓰는
작은방에, 쓰러지듯 누웠다.

그리곤 나는 죽었다.
이틀동안.
꿈꾸지 않고, 캄캄한 잠을 잤다. 사랑의 절망 앞에
묘비명을 세우고 그 아래 깊숙이 들어가
영혼의 편안하고 긴 잠을 취했다.

… … … … …

그 뒤
내가 머쓱하게도 아무 탈없이 살아났을 때,
다시 돌아왔을 때,

나는 무슨 질병같이 그녀를 다시 생각하고 있었다.
지옥까지 따라온 사랑같이.
식구들과 친척들의 우려의 눈초리를 뒤로한 채 우걱우걱
밥과 물을 삼킨 뒤, 난, 멀쩡하게 숙부댁을 나섰다.

괜찮니?
예. 아무렇지도 않은 걸요. 좀 피곤했던가 봐요.

란다랑에서 난 그녀에게 전화했다.
그녀는 화들짝 놀라며 "거기 어디냐"고 묻더니
부랴부랴 뛰어나왔다.
사건의 개요를 좀 들은 모양이다.

란다랑에서,
그녀는 니를 힌없이 측은힌 눈으로 바라보면시,
"당신을 사랑하지 못하는 나도 정말 죽고싶은 심정"
이라고 울었다.
그런 엉터리말이 어디 있담?

난 그녀 앞에 사흘 전 먹다가 남긴
수면제 일곱 알을 꺼내 놓았다.

"기념으로 가지고 있어"

이런! 괴물 같은 사람…
당신이 두려워요.

"그래, 나도 이런 내가 싫고 겁나. 하지만, 나 이젠
너 안 괴롭힐 거다. 이젠 정말 잊고 내 인생 사랑하며
살 거다. 널 사랑했던 난 죽었으니 이젠 나는
다른 사람이잖아? 덤으로 사는 축복의 인생이구.
널 잊을께."

그래요, 행복하길 바래요.
"……"

하지만 그 뒤에도 그녀를 포기한 건 나의 입술뿐이었고,
나의 가슴은 여전히 그녀의 종이었다. 그리고
시월의 마지막 밤, 그렇게 허망하게 헤어진거구…

말하자면 내가 죽었던 그날 이후부터,
시월의 마지막 밤까지는 이별을 위한 마취주사를 놓는
기간과도 같은 거였지. 두 사람이 한꺼번에 붙어 나온
샴쌍둥이를 분리 수술할 때처럼, 감당 못할 고통을
조금씩 조금씩 마음이 눈치채지 못하게
떼어내는 것이었지.

5년이 지난 지금.

그녀는 달라져있을까. 성숙해져 있겠지.
그녀가 그날, 5년 뒤 만나자고 한 내 말을 들었을까.
들었더라도 잊어버렸을지도.
아냐. 그럴 리 없어.

아무리 무심했다해도 저 때문에 죽기까지 한 녀석인데.
잊을 수야 있을라구.

그리고 나의 5년은 스탕달이란 작가에 대한 믿음(?)과
관련이 있었다. 이 작자는 사실 자기는 연애에
젬병이었으면서 '연애론'이란 거창한 책을 썼다.
그러니 얼마나 신뢰가 가겠냐마는, 어쨌든 지푸라기라도
잡는 심정으로 그를 믿었다.

그 책에 왈,
"사랑에는 결정(結晶) 작용이라는 것이 있는데,
일반적인 경우, 두 번이 온다. 사랑은 대체적으로
약간의 시련을 겪고서야 더욱 강렬해지는데,
그건 열정을 막는 장애물이 필요 조건이란 말도 된다.
그린 장애물로 인한, 즉 시간직인, 혹은 공간직인
이별을 겪고 난 사랑은 더욱 불이 붙는다.
그것이 결정작용이다.
처음의 결정작용은 일반적으로 약간 강도가 덜하다.
하지만 두 번째 결정작용은 사랑의 존재를 뒤흔들 만큼
강렬한 경우가 많다. 이런 결정작용을 거쳐야 진짜
사랑이 되는 것이다."

우리가 헤어져 있던 5년은 그런 결정작용에 도움을
주었을까. 내가 그녀를 잊기 위해 미친 듯이 살았던,
화려한 나의 사회생활은 사실은 그녀에 대한
사랑의 또다른 표현일 뿐이다. 나는 더욱 순수해졌고

더욱 뜨거워졌다.

그런데 그녀는?
그녀는 어떨까?

고속버스에서 내린 경주는 좀 쌀쌀했다. 스산한 바람이
부는 탓일까. 터미널에서 란다랑까지는 약 10분.
그때의 약속시간 오후 7시까지는 5분 남았다. 거기에
5분 늦게 도착하겠지만, 그 정도야 기다려 주겠지.
가슴이 뛰는 탓일까. 이상하게 답답하군. 바바리코트를
벗어 팔에 걸고 걷기 시작했다. 불빛들이 벌써 밤을
밝히기 시작하는군. 고등학교까지 경주서 다녔던 나는,
이 거리거리를 눈을 감고도 걸을 수 있다.
곳곳에 기억과 추억이 빼곡하다. 술집들 다방들
문방구에 이발소 떡볶이집까지. 별로 변한 건 없다.
내가 서울서 죽어라 뛰고 있었던 동안에도 이 오래된
도시는 달콤하게 잠들고 있었단 말인가.

네온사인이 더 현란해지면서 나는 시내 중심가로
발길을 옮기고 있었다. 쪼무래기 불량배인 듯한 녀석들이
벌써 술에 취한 듯 고함을 지르며 뛰어다닌다.
옛날이나 매한가지다.

저기 사거리 건너, 란다랑이 보이는군.

어 그런데 왜 불빛이 저렇지. 저런!

술집으로 바뀌어있군.

나는 발걸음을 서두르며, 담배를 꺼내 물었다.

그리고 서서 불을 붙인 뒤, 란다랑 문을 열고 들어갔다.

그날은 시월의 마지막 밤이었다.

처제를 추억함

아내를 닮은 작은 여자 하나를 기억해가는 것은
내 삶의 주위에 사소한 듯 버려져 있던 생각의
조리복소니들을 조심스럽게 주워올리는 것입니다.
그것들이 허섭쓰레기처럼 흩어져 있을 때는 그냥
무심히 보이던 것들이, 하나의 문맥들 속에 가지런히
놓여지고 나니 어느 고고학자가 발굴하여 복원해 놓은
옛 성터처럼 하나의 유의미한 추억으로
돋을새김되는 것이 놀랍습니다.

처음 만났던 날의 처제는 어리고 예뻤습니다. 아내가
스물 일곱 나는 서른, 그리고 처제는 스물 둘이었던가요?
아직 사춘기의 수줍음이 채 가시지 않은 듯한 미소를
머금고 아내 곁에 꼭 붙은 채 팔짱을 끼고 숨어
나를 바라보던 그 시선, 기억합니다. 아내는 농염한
백목련 같은 나이였다면 그때 처제는 이제 마악
꽃망울을 만드는 민들레 같은 분위기였지요.
아내와 내가 나누는 대화를 초롱초롱한 눈으로 따라가며
별로 우습지 않은 이야기 끝에도 킥킥거리며
웃었습니다. 나는 형제가, 위로 형님 하나 누나 하나

이렇게 둘밖에 없어 늘 동생을 가진 벗들을
부러워했습니다. 오빠라는 이름으로 불리는 그 자리의,
어른스럽고 사내다움을 동경했었지요. 처제에 대한
나의 많은 감정들은 나의 이런 관계 결핍과 관련이
있는지도 모릅니다. 아내를 만나면서 나는 내가
살아오면서 지니지 못했던 예쁜 동생 하나를 덤으로
만난 셈이었습니다. 처제는 언니를 하나의 우상이자
여성성의 전형으로 받아들이는 사람이었습니다.
언니가 우상이었기에 그 언니의 배우자가 되는 나는,
당연히 하나의 신화 같은 존재였습니다. 나의 일거수
일투족은 그녀에게 남성의 모든 것이었고
나에 대한 관점 모두는 그녀가 나중에 결혼하게 될 때
상대에 대해 잣대로 삼았던 기준들이었습니다.

처제는 2남3녀 중의 막내딸이었기에 어린 시절부터
어리광을 부리고 자랐습니다. 아마 무척
투정쟁이였던 모양입니다. 아내는 지금도 가끔 그녀를
'땡촌'이라고 부릅니다. '땡깡(생떼)'을 잘 부리는
'촌뜨기'란 뜻인가 봅니다. 그러나 그녀가 내게
대하는 태도만을 보자면 거의 모나리자 급에
가깝습니다. 언제나 다정다감하고 온후하고 나를
배려하는 입장입니다. 참을성도 많고 인간관계도
의젓하여 도무지 막내 같지 않습니다. 이런 모습들을
보면서 아내는 놀랍니다. 처제는 요즘 시집살이가
좀 힘든가 봅니다. 아이엠에프라 살기도 어려울 것이고
시어른들을 모시는 가운데 생긴 마음 고생까지 겹쳤는지

해맑은 옛날의 얼굴 같지 않습니다. 문득
이제 한 어른이 되어있는 처제를 발견하는 것은
놀라운 일입니다. 이젠 아내와 처제가 나란히 앉아 있는
모습을 보면 쌍둥이 자매 같아 보이기도 합니다.
결혼하고 아이 키우고 세상 살아가는 비슷한 방식들이
형제를 더욱 닮게 하는 것일까요?
혹은 젊음이 절정일 때의 개성은 나이가 들어감에 따라
점차 두루뭉수리해져서 보편적인 어린 날의 이미지로
돌아가는 것일까요?

한 8~9년 전쯤 우린 포항의 칠포라는 바닷가에
있었습니다. 아내를 포함한 세 자매와 저, 이렇게
넷이었지요. 맏딸인 아내는 순둥이 같은 성격이고,
둘째는 악바리 같지만 합리적이고 이지적인
여인이었으며 지금 이 글에서 얘기하는 막내처제는
눈물도 웃음도 많은 인정 많은 여인이었지요.
결혼하기 직전에 떠났던 이 여행은 열사(熱沙)를
덮치는 푸른 파도와도 같이 나의 젊은 날을
현기증 나게 하던 아름다운 기억입니다.

수영복 입은 자신의 모습을 보여주는 것을,
아내보다도 더 부끄러워하던 막내 처제는, 그래도
나중에는 호기롭게 내 팔짱을 나꿔채고는 사진을
찍었습니다. 언니에 대한 동경과 부러움, 형부가 될
남자에 대한 호기심, 그리고 바다의 들뜬 분위기가
그날의 처제를 사로잡았을 지도 모르겠습니다.

코.카.콜.라 따위의 놀이의 벌칙으로, 우린 '바닷물에
엉덩이 적시고 오기'로 정했습니다. 처제는 나를
곤경에 빠뜨리고자 무진 애를 썼지만, 작전은 늘 빗나가,
나 대신 언니인 아내가 더 자주 엉덩이가 젖었습니다.

처제가 내게 가졌던 감정을 짐작해 보기란
쉽지 않은 일입니다. 자신의 우상이었던 언니를
빼앗아가는 도둑과도 같은 존재였을 지도 모릅니다.
어린 시절부터 언니처럼 되고 싶었던 내면 속
깊은 곳의 욕망 때문에 자신을 언니의 자리에 놓고
나를 연인으로 설정한 뒤 다시 언니를 연적(戀敵)으로
생각하는 괴상한 마음의 움직임에 조금은
괴로워했을까요? 혹은 언니의 남성상을 비판 없이
수용하여 형부야말로 이 세상 남자의 기준이라고
생각했을지도 모릅니다. 혹은 따뜻한 오빠이기도 하고,
혹은 편안한 친구 같기도 하였을까요?
언니를 사랑했기에 그 사랑의 우군(友軍)이 되어
덩달아 나를 사랑하기도 한 것일까요? 혹은 그 동안
언니에게 받아온 풍성한 사랑의 양을 이젠 분점해야
하는 것 때문에 내가 미웠던 것일까요?
혹은 가끔 언니를 울리는 대책 없는 남자로써 섭섭하기도
했던 것일까요? 그 모든 것들이 처제의 마음속에 감돈 생
각들인지도 모르겠습니다.

어느 날의 처제의 눈물을 생각합니다. 결혼 전의
이야깁니다. 경주에 살고 있던 아내가 처제와 함께

내가 사는 서울의 하숙집에 찾아왔습니다.
하루를 자고 난 뒤 자매는 내려가야 했는데, 내가
아쉬운 마음에 아내를 붙잡았습니다. 하루만 더 있다
가라고 말입니다. 아내는 더 머물고 싶은 눈치였는데,
처제의 표정이 굳어져 있었지요. 고속터미널에서
아내는 처제에게 "나 하루만 더 있다 갈 테니 너 먼저
내려가라"고 달랬습니다. 처제는 말없이 있었습니다.
아내가 처제의 승차권만 끊어 내밀었을 때 처제는
눈가에 그렁그렁한 눈물을 매달고는 "미쳤나? 언니 니 와
그라노?"하고 쏘아부친 뒤 승차장 쪽으로
달려갔습니다. 아내는 내게 당혹스런 미소를 짓더니
뛰어가 다시 자신의 승차권을 사왔습니다.

"저도 내려가야겠어요." 아내는 힘없이 말했습니다.
그날 처제의 표정은 오래도록 내 마음에 남았습니다.
언니에 대한 어떤 배신감이 그녀를 고통스럽게
했을 것입니다. 그녀의 생에서 하나의 절대자의 품같이
넓어 보였던 언니가 어느 날 다른 남자를 위해 자신을
버렸다는 생각에 상처를 받았을 것입니다.
경주로 내려가는 버스에서 아내는 처제의 침묵에 내내
미안하여 어쩔 줄 몰랐을 것입니다. 사랑하는 남자
때문에 잠시 자신의 오래된 자리를 잊었던 어리석음을
뉘우쳤을지도 모르겠습니다.

혜화동 옛 논장서적으로 가는 길목에 늘어서 있는
곱창집 골목은 지금도 내가 자주 가는 곳입니다.

원조할머니 곱창이란 간판을 경쟁적으로 붙인 이 골목에
아로새겨진 추억 중에는 처제의 얼굴도 끼어있습니다.
곱창볶음이 지닌 퀴퀴한 이미지 때문에
싫어하는 여자들도 많겠으나 처제는 그걸 참
좋아했습니다. 아내와 솜이가 깻잎으로 곱창을
쌈싸 먹는 데 열중하는 동안 나와 처제는 소주 두 병을
비웠습니다. 술이 거나해졌을 때 나는 살아온 날들의
이야기, 주책 맞게도 첫사랑의 이야기에 신명이 나
있었습니다. 이야기의 아릿한 문맥을 따라오며,
사내처럼 소주잔을 툭툭 잘도 털어 넣는 처제의 모습이
신기하기도 하고 귀엽기도 하였습니다. 처제는
대구역에서 우연히 만난 중위와 사랑에 빠져 있었는데,
결혼을 해야할지를 망설이고 있는 즈음이었습니다.

지금은 그 중위와 결혼하여 보금자리를 꾸미고 살고
있는 중이지만, 그때만 해도 처제는 결혼에 대한 확신이
없는 모양이었습니다. 막내 동서가 될 청년은
인물됨됨이도 훌륭했지만 특히 그 성품이 온후하고
부지런하여 매력적인 사람이었습니다. 나는 고민하는
처제에게 좀더 시간을 두고 천천히 사귀어 보라고
말했던 기억이 납니다. 그때의 내 맘속에는 귀하게만
자라난 처제가 혹시 결혼에 잘 적응하지 못하면 어쩌나
하는 나름대로의 걱정이 있었습니다. 제겐 처제가
여전히 철부지 스물 둘이었거든요. 그날 약간 취한
처제의 목소리를 기억합니다. 형부 같은 남자
어디 없느냐고 불쑥 말해 놓곤 키키하고 웃던…

형부 같은 남자? 하이구.
키도 겸손하고 얼굴도 못생긴? 우유부단하고
변덕도 많고 대책 없는 백면서생? 처제는 형부보다 훨씬
나은 남자를 만나야지… 나의 자조 섞인 대답에,
아네요 형부는 멋있어요 로맨틱하구…라고
처제가 술잔을 다시 건네던,
그 가을밤의 취중 대화들이 떠오릅니다.

처녀 시절의 처제는 의료기기 판매회사에 다녔는데
일을 수완 있게 잘해 사장의 신뢰를 한몸에 받는 것
같았습니다. 그녀가 결혼을 위해 좀 쉬려고 냈던
사직서는 여러 번 반려되었고, 사장이 직접 찾아와
그녀를 설득하기도 하였습니다. 그녀는 또한
씀씀이의 통이 큰 여자였습니다. 값비싼 옷을 척척
사입기도 하고 승용차와 침대 등도 별로
망설이지 않고 사들였습니다. 아내는 친정집에 가면
처제의 옷 몇 벌을 늘 얻어입고 왔습니다.
그런 가운데 처제는 효심도 예뻐서 장인 장모를 위해
에어컨과 비디오 그리고 비싼 코트 등을 사는데
돈을 아끼지 않는 딸이었습니다.

우리가 처가에서 만났을 때 가장 유쾌했던 때는
고스톱을 치는 밤이었습니다. 형부의 돈을 따는 일,
혹은 처제의 돈을 따는 일이란 것이 곰곰이 생각해보면
쑥스럽고 민망한 일이겠으나, 우리는 익살맞은
위악꾼이 되어 서로를 골탕 먹이는 기쁨에

몰두하였습니다. 어쩌면 그 약간의 긴장이 있는
설레는 순간들의 소음이 좋았던 건지도 모르겠습니다.
형부, 한판 칠까요? 처제의 눈이 반짝거리기
시작합니다. 조오치. 나도 마다할 리 없습니다.
담요가 펴지고 화투의 붉은 뒷장들이
처제의 하얀 손에서 알맞게 나뉘기 시작하면
마음이 들뜨기 시작합니다. 금방 아이마음으로
돌아갑니다. 서로가 게임이라는 하나의 약속에 채널을
맞추고 진지한 계략들에 돌입합니다. 처제의 생각을
읽고 형부의 의도를 꿰뚫으며 어쩌면 서로에 대한
섬세한 이해들을 쌓아나갔던 것인지도 모르겠습니다.

빨리 안 치고 뭐해? 재촉하는 무양두, 형부는 맨날
설사만 하고…하는 식의 웃기는 푸념을 듣는 것도
좋았습니다. 사소한 실수에 안타까워하거나 또나른
사소한 행운에 신나하는 모습들을 보는 것도
즐거웠습니다. 허리가 아프도록 밤새 앉아서 옆으론
맥주를 홀짝이며 화투짝을 두들기는 풍경 속에
나와 처제가 함께 있던 젊은 밤들은 유쾌하게
지나갔습니다. 나는 대체로 늘 잃는 편이었고 처제는
잃기도 하고 따기도 하는 기복이 심한 솜씨였지만,
그 고스톱들이 끝나는 시각엔 늘 많이 웃은 뒤라
세상에 그렇게 기분이 개운할 수 없었습니다.

결혼한 처제를 바라보는 내 시선의 많은 부분은 실은
안타까운 마음이었습니다. 시부모와 어떤 트러블이

생겨 괴로워하거나 혹은 생활의 어려운 일들을
당할 때면 처제는 늘 언니에게 전화를 합니다.
반찬을 만들다가 궁금증이 생기거나 아이가 보채도
그 상담은 언제나 우리집의 몫입니다. 울먹이는 전화,
혹은 한숨 섞인 전화를 받은 날은 우리도 함께
마음이 무거워집니다. 어려운 일을 잘 풀어나갔으면
하는 마음도 들고 착한 신랑과 지혜를 모아
아름답게 살아갔으면 하는 바람도 간절했습니다.

처제가 두 번째 아이를 가졌을 때는 무척 힘들었습니다.
하혈도 많이 하였고, 그 때문에 산모도 아이도
위험하였습니다. 우리집에 요양차 와 있을 무렵,
핼쑥한 처제를 바라보는 나의 마음은 참으로
이상하였습니다. 아이를 안고 귀여워하는 처제의 모습도
왠지 내겐 쓸쓸함이었습니다. 스물을 갓 넘었던
그날의 푸성귀 같던 여자 하나가 이제
서른 굽이를 도는 나이가 되었습니다. 그녀에게도
이제 하나의 삶의 테두리가 완전해지고 있다는 생각이
문득 들었습니다. 남편과 시부모 그리고 자식들.
그녀를 이루는 삶의 단위들이 내겐 낯설고 서먹하게
느껴졌습니다. 모든 마음의 창을 열어 내게 지지를
표했던 아름다운 팬 하나가 이제 스스로의 삶과 둥지를
찾아 떠나가는 느낌이었습니다. 그녀는 더 이상 나를
향한 해바라기는 아니었습니다. 나는 이미 자신의
둥지에 천착하여 살고 있으면서도 처제는 영원히
내 주변을 날아다니는 파랑새 같은 희망일 거라고만

생각했던 것이 얼마나 자기본위의 생각이었는지를
알게 되었습니다. 이제 그녀의 삶의 안방을 이웃집 창문
처럼 봐야하는 때가 되었습니다. 그러나 그것은
절대로 지워지지 않을 정겨움의 추억들 위에 가볍게
덧입힌 세상의 문법들일 뿐입니다. 진짜 처제는 늘
내 마음속에 있습니다.

지하철서 자리잡기

1

이상하다. 지하철에 들어서면
갑자기 앉고 싶어진다
멀쩡하던 두 다리가 힘겹게 느껴지고
편안하게 붙어있던
엉덩이가 천근만근 무거워진다

크레파스통 속처럼
일곱 엉덩이 열네 종아리가
빈틈없이 앉아있는 틈에
굳이 나도 한 자리 비집고자 하는 것은
무슨 뚱딴지같은 욕망일까
무엇이 내게
이런 괴상한 강박을 불러일으키는 것일까

앉아 가는 게 물론 나쁘진 않다
편안하게 책을 읽을 수 있고
잡상인이나 앵벌이 장애자들이

지나가면서 툭툭 치지도 않고
가는 역이 멀면 한잠 살짝 때려도 된다
그러나 그런 사소한 특혜를 위한다는 명분이
빈자리 찾기의 인정사정 없는
욕망 모두를 설명하진 못한다

뭘까, 그것은?
한정된 특혜를 향한
욕망의 폭주병진(輻輳幷臻)?
군중 속의 외톨들이 가지는 상호 적대감?
희소성이 생산하는 가치?
상대적 우위에 대한 쾌감?
무엇이든 이겨야 하다는 생존원리의 무의식?
내 편안함이 상대의 희생을 볼모잡고 있다는
기학적인 민족김?
나도 응당 대우받아야 할 사람이라는
자부심의 관성적 발현?
모르겠다 어쨌든
등 떠미는 알 수 없는 마음의 급기류가
내게 서둘러 빈자리를 찾게 하고
무사히 안착하지 못하면 불안하게 한다

2 이 본능적인 활기를 가로막는
'양보' 란 이름의 수퍼에고는

참으로 묘하다
빈자리가 내 것으로 되는 순간
이루 말할 수 없는 자리에의 집착이
내게 밀려온다 누구도 나의 자리를
감히 침범할 수 없다
민주주의 사회의 황금률
평등과 기회의 원칙에 의해 차지한
나의 자리를 누가 넘본단 말인가
내 의사 없이 누구도 지금 내가 앉은 자리를
차지할 수 없다, 그런 엄숙한 선언이
앉은 사람의 내면을 서성거린다
그런데 양보라니…

양보는 가진 자의 자선이며 용기 있는 행동이다
내가 차지한 이 영광의 특혜를
누군가 약자나 후착자(後着者)에게 양위하는 뜻에 대한
강자이자 선착자로서의 자부심으로 가득 차 있다
나는 착하고 사려깊으며 희생정신이 강하다
나는 도덕적이며 경로사상이 투철하며
인간애로 똘똘 뭉쳐있다, 양보는
그런 마음의 발현이다 물론
공연히 귀찮은 일을 당하고 싶지 않은 마음과
그저 관성적인 회피행위와도 같은 양보도 있긴 있다
어쨌든 자발적인 양보는
집착의 포기에 상응하는 어떤 혜택을 담보하는 셈이다
자리차지에 대한 욕망은 사회적인 어떤 욕망으로

대체되거나
그 사회의 거울에 비친 긍정적 자아에 대한
뿌듯함 따위로 상쇄된다

그런데 그렇지 않은 경우가 생긴다
내 의지와 상관없이 어쩔 수 없는
무언의 압력이나 주위의 눈총이나
요즘 애들 무람없다고 콧김 씩씩이는
노인의 호통에 의해 자리를
양보해야 하는 경우이다
그런 때의 마지못해 하는 양보는
억울하게 겁탈 당한 기분을 안겨주며
앉아있던 자를 슬프고 분하게 한다

3

갈 길은 멀고 서있는 상태라면
빈자리 찾기는 전방위의 필사적인 탐색이다

아예 포기하는 때도 있다
그럴 때면 이상하게도 피곤하던 다리가
다시 그럭저럭 괜찮아진다 마음이 개운해지고
들고 있던 책을 펼치면 글이 쏙쏙 들어온다

그러나 그런 절망에 이르기는 아직 이른, 어중간한
마음일 때

피로와 앉고 싶은 욕망은
커진다 앉아있는 모두가 갑자기
자신을 괴롭히는 존재 같아 보이기도 한다

금방 일어설 것 같던 앞자리 할머니는
열 개의 역이 지났는데도 여전히
붙박이다 갑자기 쓰러질 것 같은
현기증이 몰려온다 내가 만약 이 사람들 앞에서
벽걸이 못에서 떨어진 잠옷처럼
구겨지며 주저앉는다면
이들은 모두 일어설까, 간절하고 극단적인 생각으로
분노를 키운다 아아 모두 눈감고 있는
외면의 앉은뱅이 세상에서 나는 가련하게
기립한 환자다

그러다 요행히도 자리가 하나 생겼을 때
흔희작약 뛰어간 그 자리에
나보다 늙은 사람 혹은
아름다운 여자 하나가
달려와 있다
갑자기 멈춰선 욕망이 관성의 힘을 이기지 못하여
과잉된 동작으로 몸을 흔든다
그러나 금방 이성을 되찾은 뒤
이 자리는 내 것이 절대 될 수 없음을
깨닫는다, 이왕 줄 자리라면
자발적인 후의를 선택하자

앉으시죠,
아까의 절망에서 달라지지 않았지만
다리의 통증은 잊었다 욕망의 유예가
어떤 뿌듯한 기분을 제공한 까닭이다

4

지하철은 폐쇄된 정글이다
내면의 정글이라고 불러도 좋다
누려야할 한 가지의 욕망,
착좌(着座)의 긴박한 의지가
그 누림을 버려야할 다른 전통 즉
경로(敬老) 혹은 예절의 슈퍼에고와 씨우는,
저 눈감은 외면
보이는가
앉아 버티겠다는 일념의 화두
저
존재의 치열한 가부좌가?

구두를 애도함

내 걸음걸이를 유심히 본 사람이면
약간 우스꽝스런 꼬락서니를 발견할 수 있으리라.
나는 발바닥의 전체를 고루 사용하여 사뿐사뿐
지상을 딛는 고운 발걸음들과는 달리,
발바닥의 바깥쪽 가장자리에 지나치게 체중을 맡긴다.
이런 고약한 걸음법 때문에 길을 걷다가
왼쪽 발목 윗부분이 느닷없이 바깥쪽으로 접히면서
피씩 고꾸라지는 때가 많다.
넘어질 아무 이유가 없는 평탄한 길인데도 말이다.

아내는 이런 나를 늘 보아왔기에, 갑작스런 남편의
실족(失足)에 대해 별로 놀라지 않는다.
옆에 멀쩡히 걸어가던 사람이 푹 꺼지듯 주저앉는데도
말이다. 놀라긴커녕 허둥대는 나를, 웃음이 가득 담긴
눈으로, 무지무지 귀여운 듯(?) 바라본다.
보긴 뭘 봐? 넘어지는 것 첨 봤나? 내가 중얼거리면,
아이, 조심하시지요… 하면서도 그 웃음을 멈추지 않는다.

어느 날 아내는 내게, 총각시절 그 괴상한 실족의 버릇을

보고는 내가 무척 마음에 들기 시작했다고 고백했다.
남자 자빠지는 꼴 보고 마음에 들었다니… 거참
괴상하고 얄궂은 취미군.
아내의 설명은 그랬다.
늘 완벽해 보이고 깐깐하고 빈틈없어 보이는 나의
평소의 태도가, 이렇게 간단히 한 순간에 허물어지는 것을
보고 신기하게 느꼈다는 것이다.
이 사람에게 이런 어줍잖은 결점도 있구나.
그런 생각이 그녀를 기분 좋게 하였다는 것이다.

이런 걸음걸이를 갖게 된 것은 물론
어린 시절 걸음마를 잘못 배운 데 원인이 있겠지만
헛발질이 유난히 심해진 것은 군대시절 축구하다가
왼발을 크게 다치고 난 다음부터였다.
내가 운동에는 젬병이라 뭐 하나 똑부러지게 하는 것이
없지만, 축구에는 한때 젬병이 아닌 시절이 있었다.

그때라고 갑자기 기량이 향상되어 펄펄 날았다는
얘기는 아니고, 오로지 투혼(鬪魂) 하나 만으로 상대편을
제압했기 때문이었다.
공을 보면 몸을 아끼지 않고 뛰어들었는데, 그래서
악바리 수비수로 한 이름을 떨쳤다.
말하자면 순전히 몸으로 때우는 축구였다.
어느 날도 육탄 돌진 끝에
공을 몰고 오던 상대편 선수와 부딪쳐 허공으로 붕
날아올랐다. 그리고는 재수없게도 왼발이 꺾인 채로

땅에 떨어졌다. 약간 다리가 아픈 듯 해서
경기장에서 빠져나왔다.
내무반으로 돌아와 문득 발을 내려다봤더니, 왼발이
오른발 크기의 두배 정도로 커져있었다.
퉁퉁 부은 것이다.

나이는 나보다 어렸으나 의젓하고 성실했던 하사 하나가
나를 등에다 업고 부대 바깥의 어느 침쟁이 노인에게로
달려갔다. 다행히 부기는 금방 가라앉았지만 그때
다친 이후로 난 실족의 버릇을 얻게 되었다.

그런데 나의 실족을 더욱 조장하는 것은 구두란 놈이다.
나의 구두는 뒤축이 희한하게 닳는다. 걸을 때
체중을 받는 곳이 바깥쪽 가장자리이다 보니,
구두밑창이 바깥쪽만 유난히 닳아있다.
오래 신은 나의 구두의 바닥들은 삐딱하게 서있을
수밖에 없도록 되어있다.
안 그래도 삐딱한 걸음에, 그쪽으로 유독 삐딱한 신발을
신고 걸어다니니 걸음이 온전할 리가 있겠는가.
신발장에 있는 나의 구두들을 꺼내서 들여다보고
있노라면 절로 웃음이 난다.
하나같이 삐딱한 바닥을 지닌 구두들이
서로 삐딱하게 기대고 있다.
임자를 잘못 만난 죄 밖에 없는 저 구두들은 주인의
캐릭터를 닮아가는 듯 하다.
아직 얼마 신지 않은 젊은 구두들은 그래도 제대로

서있지만 4~5년을 넘긴 늙은 구두들은 보기 민망할 정도로
기우뚱해져 있다.
가장 최근에 산 구두는 흑갈색 단화이다.
목이 약간 있는 구두인데 신고 벗을 때 편리하라고
바깥쪽에 지퍼가 달려있다.
이 구두가 내게 오던 날이 생각난다.
비가 부슬부슬 내리는 아침, 누군가를 식당에 앉혀놓고
부랴부랴 뛰어가서 사왔던 구두…
그땐 검은색 단화를 원했었는데 마땅한 게 없어 이걸 샀다.
좀 투박해 보이기는 하나 막 신기에는 편리한 신발이다.
이놈도 서서히 주인의 걸음걸이를 이해하기 시작하는
듯 하다. 벌써 삐딱하게 몸을 맞춰가고 있다.

이놈이 내게 온 지도 벌써 약간의 세월이 흘렀다.
지난 여름이었다.
나는 전라도 어느 추녀 아래에, 그 동안 신던 검은 구두를
두고 왔다. 그때 여름용 슬리퍼와 구두를 함께
가져갔었는데, 슬리퍼를 신고 오는 바람에 구두를 깜빡
잊은 것이다. 그 덕분에 서울에 올라오자마자
저 흑갈색 구두를 샀다.

이건 무슨 징후였을까.
그 구두는 무슨 이유로 그 여인의 집 댓돌 위에서
꿈쩍하지 않았을까. 무슨 꿈을 꾸고 있었을까.
프로이트의 생각을 빌리자면 모든 실수와 건망증엔
이유가 있다는데 구두를 잊어버린 내 마음속엔

내가 모르는 어떤 생각들이 숨어있었을까.
거기서 오고 싶지 않았다는 뜻일까.
그 아담한 촌가(村家)와 전원(田園)에서 더 머물러 있고
싶었을까.
한 여인을 키웠던 보금자리에서
내가 걸어왔던 생의 향수를 느꼈던가.

어쨌든 그 구두는 나보다 훨씬 오래 전라도 땅에서
숨쉬고 있었다. 전라도의 이슬을 맞고 전라도 사투리를
들으며 푸른 숲들이 풍기는 향기를 맡았을 것이다.

그녀와 내가 이윽고 생각이 바뀌어 서로에게 주었던
온기를 철회하고 냉담으로 그 빈곳을 채워 가는 동안,
구두는 서울의 상황과는 상관없이 아주 그리운
삐딱한 자세를 하고 시골집 지붕이 만들어내는 몇 뼘의
하늘이 파래져 가는 것을 바라보았을 것이다.

내가 그놈을 버리고 떠나온 뒤에 내 정신에 쌓였던
온갖 오진(汚塵)처럼 그놈의 어깻죽지에도 회색먼지가
쌓여갔을 것이다.
여름에서 가을로 넘어가는 동안, 개들이 컹컹 짖고
대문 밖으로 가끔 차들이 지나가는 동안, 구두는
주인의 발이 빠져나간 허공을 껴안고 서울 서소문 거리를
활보하던 추억을 씹고 있었을 것이다.
나의 땀내가 풍화작용하면서 오히려 말쑥해졌으리라.

부지런한 그녀 모친이 가끔 마른걸레로 얼굴을
닦아주었을지도 모른다.
무심히 떠난 주인과의 상봉을 위해, 곱게 비닐 봉투에
넣어진 채 소중한 보물 취급을 받았는지도 모른다.

내가 흑갈색 새 구두에 취하여 그놈을 서서히
잊어버리는 동안에도 그놈은 목을 쑥 뺀 채로, 어느 날
갑자기 주인의 발이 쑤욱 들어와 오랫동안 식어버렸던
체온을 다시 덥혀주길 기다렸으리라.

그 구두를 들어 뒤축을 바라보고, 그녀 모친은 혹시
나의 걸음새를 상상했을까. 조그만 발에 삐딱한 걸음으로
번잡한 서울 도심을 누비고 다닐 한 사내에 대해
생각하였을까.
그가 누구인지… 뭐하는 사람인지…
딸이 나가는 어떤 모임의 친구라고 하긴 하더라만…
어쨌든 걸음걸이가 시원찮은 것을 보니, 별로 탐탁한
사람은 아닌게벼. 그렇게 생각하였을까. 어쨌든
괜한 빚처럼 부담스런 남의 물건이 집안에 있는 것이
신경 쓰였으리라.

어느 날 그녀에게서 전화가 왔다.
"그 구두… 엄마가 가지고 올라오셨는데… 어쩌죠?"
"나중에 받지 뭐."
다시 어느 날 전화가 왔다.
"그 구두… 어쩔까요?"

"글쎄… 나중에 모임 나올 때 있으면…"
다시 전화가 왔다.
"구두 어쩌죠?"
"버리렴."
"네."

한때 나를 들어올려 세상으로 이동시켜주던 충직한
검은 구두의 생애는 그렇게 간단히 끝이 났다.
그 주인과 누구와의 짧은 대화 속에 싸늘한 거래처럼
오간, 폐기처분의 공모가 구두에게 어떤 운명을
암시하는 지도 모르고 그놈은 그날도
주인을 기다렸는지 모른다.

이제 다시 그리운 서울로 올라왔으니, 곧
주인을 만날 거야.
주인은 나를 신고 다시 뒤뚱대며 걸을 거야.
이런 아름다운 재회의 꿈 속에 가슴이 설레었는지 모른다.
내일이면 갑자기 퀴퀴한 쓰레기통에 내동댕이쳐질
운명이면서…

한 계절이 등돌리며 지나간 서늘한 시멘트 바닥
위에서나마 그놈은 달콤한 마지막 잠을 청했을까.
삐딱한 발이 또다른 구두에 이미 취하여
그와 좋던 시절, 그와 더불어 걷고 뛰었던 시절을 죄다
잊어버렸음을 전혀 모르고 말이다.

여자에 대한 짧은 생각

남자들이 알아야할 것 중의 하나는
자신들이 여자에 대해 몰라도 너무 모른다는 사실이다.
이 사실에 대한 겸허한 직시 없이 맺은 여자들과의 관계
는 실은 오해에 의한 허상이거나 잠정적인 결탁이거나
혹은 여자들의 허영심과 수다에 부응하는
장식물로서의 기능이거나 혹은 여자들의 오해에
기반하여 우상으로 존재하는 것이거나
혹은 변덕들에 기초한 집단적 광기이기 십상이다.

물론 여자들은 따뜻하다.
이 여자들의 기본적인 속성을 이해해야한다.
하지만 그것은 변온동물의 그것처럼 따뜻한 무엇인가를
품었을 때 따뜻해지는 그런 따뜻함이다.
그 따뜻함이 영원하리라고 믿는 것, 그 따뜻함이
자신을 구원하리라고 믿는 것, 그것은 남자를
파멸로 이끌 수도 있는 오해이다.
그 따뜻함이 무서운 냉혹함으로 바뀌었을 때
한없는 겸허함과 귀여움이 감당키 어려운 잔인함과
독설로 바뀌었을 때 그것에 대해 놀라고

힘들어하는 것은 여자들의 따뜻함에 대한 전적인
몰이해의 소치다. 여자들의 변온성, 혹은 휘발성에 대해
상심하여 온갖 사회적인 죄악으로써 분풀이하는
남자들의 행위는,
얼마나 오랜 역사와 전통을 지닌 것인가.

물론 여자들은 아름답다. 그 아름다움이란
껍질의 한 꺼풀 아래에서 견디고 있는 정신의 누추함을
감안하더라도 그 아름다움 자체는 인정하여야 한다.
그 아름다움이 풍기는 향기 또한 이 세상에서 더없이
귀중하며 그 향기가 세상의 많은 것을 바꿔왔음도
인정하여야 한다. 그러나 그것은 영향력으로서의
가치이지, 그 아름다움과 향기가 진실하다는 뜻은
아니다. 진실이란 말이 항심(恒心), 혹은 항상성을 의미
한다고 볼 때 그렇다는 얘기다. 덧없는 아름다움과
무상(無常)의 향기, 이것이 진정 여자들의 가치와
부박성을 동시에 설명하는 언술일지 모른다.

여자들은 태생적으로 권력적이다.
그것은 권력의 변덕과 휘발성, 위선적인 결탁이
여자들의 기질과 너무나 닮아있기 때문이다.
그러나 그 권력을 창출하고 형성하고 권력과 함께
장렬하게 전사하는 사내들의 완력과 머리가 대체로
여자들에게는 없는 것이기에 여자들은 권력에 관한 한
철저히 남자에게 기생할 수밖에 없다.
남자가 뽑는 권력에 기생하여 스스로를 키운 뒤,

그 권력을 자신의 것으로 보강한다. 그리고는 숙주를
잡아먹어 더욱 세력을 강화하기도 한다.
이것은 비교적 열등한 신체적 조건과 다른 조건들을
가지고 태어난 여자들이 생존하고 사회적인 목적을
달성해나가기 위해 어쩔 수 없이 치르는 생물학적인
전쟁일 뿐이다. 이런 이유로 여자들을 비난할 수는
결코 없다. 오히려 수긍하지 않으면 안 된다.
다만 여자들을 제대로 이해하지 못할 때 생기는
고통과 환멸과 혼란이 너무 크다는 점을
환기하고자 함이다.

사물과 상황을 파악하는 능력이나 특징에 있어서의
남녀의 차이는 남성성 혹은 여성성을 결정하는
아주 중요한 요소다.
물론 모두가 완전히 그렇다는 것은 아니다.
특징적 징후, 혹은 두드러짐을 말할 뿐이다.

여자는 남자보다 각론에 강하다. 즉 시야가 좁고
집중하는 경향이 강하며 전체 문맥을 거시적으로 읽기
보다는 미시적인 뉘앙스에 주로 집착한다.
여자가 분위기에 약하다는 속설적 주장은 바로
이런 점에 근거하고 있는지 모른다. 분위기란
거시적 측면에서 보면 위장적으로 형성된
가짜 현실일지도 모른다. 그러나 여성들은 그 가짜 현실을
진실로 받아들여 반응한다. 그 가짜 현실 바깥으로
펼쳐진 진짜 현실에 대해 잠시 까먹는다.

분위기에 약하다는 말은 바로 그 점이다.

반대로 남자들은 그 분위기 속에 들어가 있다 하더라도
그 분위기의 이면에 존재하는 세계에 대한
총론적 직관을 지닌 경우가 많다.
낙엽이 떨어지는 벤치에 앉아 폼을 잡더라도,
그것이 여름에는 무성한 푸른 숲이었으며,
겨울에는 앙상한 나무에 얼음장 같은 나무의자임을
잊지 않는다.
물론 개인차는 있겠으나
변화하고 있는 현실과 변화의 바탕에 존재하는
불변의 진리들에 대해 깊이 있는 신뢰는 아무래도
남자들의 것인 듯 하다.

여자들이 쓴 소설을 읽어보면 많은 경우에, 그
독특한 뉘앙스와 휘발성 강한 한 순간의 분위기를
파악해 내고 묘사해 나가는데 귀재다.
순간순간 마음의 변화와, 감성을 자극하는 빛과 소리와
촉감들, 그런 것들이 가득 차 있다.
그러나 그런 것들이 꿰어주는 거대한 플롯이나 밑그림은
왠지 허술하거나 취약한 경우가 많다.
이것은 작가 개인적인 강약점이라기 보다는
여성성의 한 특질인 것 같다.

여자가 남자를 사랑할 때, 남자들이 저지르는 많은 오류
중의 하나는 자신이 사랑하는 것처럼 여자로부터

똑같이 사랑받고 있을 것이라는 오해다.
여자는 남자의 전부를 사랑하지 않는다.
여자에게 남자의 전부란 없는지도 모른다.
여자가 받아들인 남자의 어떤 측면, 어떤 장점, 어떤
아름다움, 어떤 동질성, 어떤 즐거움, 어떤 쾌락,
어떤 슬픔, 어떤 편안함, 어떤 이익, 어떤 달콤함, 어떤
추억, 어떤 분위기, 어떤 공감대 있는 허영심 따위를
여자는 사랑하는 듯 하다.
남자의 사랑의 방식이, 그 여자의 모든 것을 사랑하려는
무모함에 기반하고 있는 것에 대해서, 여자는
남자의 확실하게 인정할 수 있는 무엇을 사랑한다.
남자의 그 나머지는 여자에게 뭘까?
그거 보이지 않는 태양의 흑점 같은 것이다.
여자들은 그 흑점을 자신의 상상력과 최면과 수다와
긴밀증으로 채운다.
그래서 여자가 사랑하는 남자는 언제나
세상에서 가장 아름다운 남자가 된다.
반대로 남자는 여자를 총론적으로 사랑하려 한다.
아마 처음에는 보이지 않았다가 드러나게 될 장점들까지
사랑하겠다고 예약을 해놓는다.
물론 이것은 과잉감정, 혹은 정치인들의
지역구 공약처럼 허황한 약속일 뿐이다.
이 거창한 사랑은 늘 도중에 부도가 나는 수표와 같다.
스스로가 키워놓은 사랑의 규모를 다 채우지 못해
헉헉거린다.
여자가 남자를 미워하게 되는 것,

혹은 남자와 이별하고자 하는 것의 많은 경우는
자신이 사랑의 투기를 하게 된 남자의 어떤 부분이
결정적으로 거짓이거나 잘못 판단한 것임을 알게
되었을 때이다. 그것 이외의 많은 부분이 설령 옳고 또
그것 이외의 부분에서 많은 장점이 있다 하더라도
그것은 그녀에게 아무런 의미가 없다.
다만 그녀가 사랑이라는 이름으로, 혹은 다른 감정으로
그에게 발판을 내렸던 바로 그 특질, 그의 삶, 그의 피부,
그의 감성에 흡착했던 바로 그 부분에 대한 환멸은
그와의 관계에서 모든 것을 결정한다.
이 같은 여자들의 태도와 입장은, 바로 미시적 사고,
엄격한 자기 본위와 자기 투영으로서의 사랑이라는
측면에서 너무나 당연해 보인다.

많은 사랑의 슬픈 귀결은,
남자들이 저지르는 과신과 자만심 때문이다.
그것은 자신이 모든 측면에서 완전하게 사랑받고 있다는
착각이다. 여자는 언제나 일정하게 남자의
한 부분만을 바라보고 만족해한다.
그 나머지는 여자들이 채운 상상력일 뿐이다.
그 상상력을 깨고,
어리석게 자신의 본색을 드러내었을 때,
여인은 놀라 나자빠지면서 도망갈 준비를 하거나,
다른 방식으로 남자를 포기하기 시작한다.

내가 아는 한 여자는

내게 엉덩이가 예쁘다는 말을 늘 해준다.
엉덩이가 예뻐?
젠장. 정말 엉덩이가 웃을 노릇이다.
그러나 그 말에는 그녀가 나를 받아들이는 어떤 관점이
보인다. 그녀에게는 정말 내 엉덩이가
예뻐보이는 것이다.
그 신념, 그 심미안, 그 광기와 같은 정념적 흡착성을
깨지 마라.

서
백설공주 컴플렉스

— 늙어가는 여자에 관한 성찰

동화 '백설공주' 는 읽으면 읽을수록 신화적
의미결이 드러나는 중층적인 우리 정신의 한 고전이다.
그것은 어린 시절 우리의 머릿속에 놀라움 속에 각인
됨으로써 집단무의식의 신념체계와 가치관으로 뿌리
내리거나 다른 신념체계와 가치관을 간섭한다.

내가 대학 다니던 시절, 이런 우스개가 있었다.
백설공주란 백만인이 설설 기는 공포의 주둥아리라고.
티없이 맑고 아름다운 소녀의 이미지로 모두의 가슴속에
간직되고 있을 백설공주가 이 정도의 험구(險口)를
만났다는 것은 우리나라 사람들이 어쨌든 생각의
가소성(可塑性)이 뛰어나다는 한 증거가 되기도 하겠다.

여기엔 하나의 날렵한 반격이 숨어있다.
동화적 신화 대상에 대한 통렬한 비웃음이다.
물론 적극적인 비웃음은 아니고 말 뒤틀기로써의
비웃음이다. 이 '공포의 주둥아리' 는 당시 막강한
권력자의 아내를 겨냥하고 있었다는 점에서 풍자적

쾌감을 더욱 증폭시켰다.
내(內)주장이 강한 어떤 여인에 대해, 백설공주라는
순진무구의 닉네임을 지어주면서 그 풀이 속에 격렬한
인신모독을 담는 대중감성은 당시 사회의 권위와
반권위의 이중적 태도를 보여주는 섬세한 예라 할 만하다.

우리나라 '백설공주' 는 많은 이들이 선망하는
퍼스트레이디였다는 점에서 '공주' 의 지위에 걸맞고
'백만인이 설설 긴다' 는 점에서 그 지위에 합당한
권력을 암시하고 있다. '주둥아리' 라는 비속어는 그 분의
턱이 좀 큼직했다는 신체적인 야유와 안방정치에 대한
풍자를 함께 남았으리라.
그런데 진짜 백설공주 이야기도 바로 이런 권력의 문제와
신체에 대한 집착을 품고 있다는 점은 눈길을 끈다.

백설공주를 어떻게 읽으셨는가?
혹시 신데렐라나 잠자는 숲속의 공주 따위와 헷갈리진 않
으시는가? 계모의 구박이란 점에서 신데렐라와,
마법 때문에 잠정적으로 죽게된다는 점에서 잠자는 공주
와 닮아있는 이 동화는 그러나 다른 동화와는 아주 다른
문제를 담고있다.

이 이야기의 진짜 주인공은 계모 왕비다.
백설공주는 다만 이 왕비의 질투의 격렬함을 증명하기
위한 수동적 피해자로서의 배역일 뿐이다.
이 동화를 읽고 자란 많은 사람들은 처음에 모두

백설공주의 입장이 되어 계모 왕비를 저주한다.
그러나 차츰 스스로가 계모 왕비의 내면을 닮아가는 것을
느끼리라. 이 동화는 그런 점에서 여성의 내면을 꼬집는
놀라운 풍자이기도 하다.

백설공주는 누구인가.
어느 겨울날 한 왕비가 검은 비단으로 된 창틀 곁에 앉아
남편인 왕의 셔츠를 바느질하다가 바늘에 찔린다.
눈 위에 떨어진 피의 아름다움에 감탄한 그녀는
'눈처럼 흰 살결에 피같이 붉은 입술,
그리고 검은 비단창틀과 같은 머리채'를 가진
아기를 낳기를 빈다.

살결이 눈처럼 희다는 점에서 백설(白雪)공주란
이름을 얻었다.
이 백설피부는 지금 전 인류가 공통의 이상으로 삼는
대표 미인의 한 이미지가 되었다.
흑인여성들조차 미백크림을 사용하여 백인을 닮으려고
한다. 우리나라 여인도 마찬가지다.
미의 헤게모니가 경제적 패권자인 미국과 유럽 위주로
편성되다 보니, 모든 미인들이 서구여인의 미적 가치관을
추종하게 된 것이다. 텔레비전의 많은 광고들은
'하얘지세요'라고 강요한다. 태어나면서부터 덜 하얀
많은 여인들은 이 미백 컴플렉스가 하나의 저주처럼
느껴지기도 할 것이다.

흰색은 매우 까다로운 색이다.
무색무잡(無色無雜)이기 때문이다.
그렇다고 투명하여 다른 색을 비추는 것도 아니며
스스로 모든 빛을 뱉어내어 빛의 바탕이 되는,
처음의 색이다.
그림을 그리기 전의 백지가 그렇듯이 그것은 처녀색이다.
아무 것도 덧칠이 되지 않은 순결의 색이다.
그런 색을 유지하고 지탱한다는 것은 쉬운 일이 아니다.
이 흰색 위에서는 작은 티끌도 감출 수 없다.
그 하얗고 매끌매끌한 얼굴은 일곱 살 백설공주에게서
하나의 절정으로 빛난다.
이 백설공주 하나를 만들어내기 위하여 아마 세상의 모든
여인들은 모두 상대적으로 어느 정도까지는 거무튀튀한
얼굴을 감수하고 있는 셈이다. 백설공주와 비교해서 그렇
다는 말이다.
곰곰이 생각해보면 뭔가 한참 잘못 되었다는 생각이 든다.
어차피 동화 속에서나 가능한 아름다움이라면 굳이
그것을 하나의 이상으로 삼아 자신의 덜 하얀 얼굴을
괴로워하거나 미워할 필요가 있겠는가?
왜 도대체 하얘져야 하는가?

혹자는 여기에 가부장적 사회의 남성의 흉계가 숨어있다
고 설명한다. 하얀 피부를 유지한다는 것은, 사실상
현실적인 생물활동을 인정하지 않는 것이다.
숨쉬고 신진대사를 하는 생물체라면 어린 시절
백설공주의 피부를 가지고 태어났다 하더라도 그 위에

수많은 세월과 경험의 잡티들이 앉게 되는 것이 당연하다.
그런데 그 흰 살결을 유지하기 위해서는 그런 생물적인
현상들을 거스르는 고통스러운 노력과 억지가 수반되지
않을 수 없다.
인종적인 특성이나 자신에게 닥쳐오는 노화(老化)의
섭리마저 거스르고 언제까지나 순백을 유지해야 한다는
강박관념이 미백 컴플렉스의 요체다.
이런 집착은 여성을 오로지 표피의 관리에 몰두하게
만듦으로써 좀더 깊이 있는 가치에 대한 관심으로 향하는
것을 방해하려는 남성들의 음모란 얘기다.
따라서 백설공주란 수동적이고 정적인 여성상에 여자들의
관심과 욕망을 묶어온 여성들의 정신적 질곡이기도 하다.

검은 비단 같은 머리채도 마찬가지다. 비단의 윤기를 가진
머릿결은 젊음의 상징이다.
그것이 금발이 아닌 것은 북유럽적 전통에 기인하기 때문
인 듯하다. 그러나 빛나는 흑발은 금발보다 훨씬 더
강렬한 젊음을 상징할 수 있다. 백설공주의 계모는 나중에
공주를 죽이기 위해 백발할멈으로 변장한다.
검은 머리의 젊은 공주와 백발마녀의 대결은 얼마나
선명한 젊음과 늙음의 대결인가?
또한 검은 머릿결은 하얀 얼굴의 빛을 더욱 하얗게 한다.
강렬한 흑백의 대비가 서로의 빛을 더욱 자극하기
때문이다.

이 흑백의 배치에는 고도의 계산이 숨어있다.

백설공주의 생모가 기원한 것 중에 나머지 하나는 붉은
입술이었다. 그녀가 아이를 갖고 싶다고 생각한 것은
바로 눈 속에 뿌려진 자신의 피였다.
흑단의 머릿결과 미백의 얼굴은 이 붉은 빛을 강조하기
위한 하나의 바탕색이었다.
검은 빛이 흰 빛을 강조하고 무색무잡의 흰 빛이 다시
붉은 빛을 강조하는 형상이다. 왜 눈도 코도 아닌
입술을 이렇듯 선명하게 찍어내고 있을까?
그것은 마치 박제 미인처럼 죽어있던 흑발과 미백
한 가운데 생기(生氣)의 숨을 불어넣는 상상력이다.

여기에는 또다른 남성적 취향이 숨어있나는 시적도 있다.
입술이란 곧 여성의 성기다.
수동적이고 정태적인 여성상을 그려놓고 오로지 입술만은
살아 움직이게 해놓음으로써 여성의 미학이 오로지
남성의 성적 쾌락과 자부심을 충족시키는 하나의
이데올로기적 도구로 기능하고 있음을 보여주고 있는
한 예라는 생각이다. 과연 그럴까? 어쨌든 여성의 붉은
입술이 섹슈얼한 느낌을 자극하고 강화하는 것은
틀림없어 보인다.
요즘 여성들이 하루도 빼먹을 수 없는 루즈는 바로
백설공주 미학의 현대적 구현이 아닐까?

백설공주는 어머니가 둘이다.
생모인 왕비는 그녀를 낳자마자 죽는다.
그러자 왕은 백설공주가 태어난 지 1년 만에 아름답고

자존심 강한 여자와 재혼을 한다.
이 동화를 신화적으로 해석하려는 학자들은 백설공주를
전처의 대리인으로 보고 계모와 펼치는 헤게모니의
전쟁을 중시하기도 한다.
생모의 죽음은 백설공주의 탄생을 더욱 신비화하는
하나의 아우라(aura)이기도 하다. 그녀의 탄생은 생모의
기원을 실현한 것이기에 그녀는 또한 생모의 분신일 수도
있다. 따라서 백설공주에 대한 계모의 집요한 괴롭힘은
남성인 왕을 차지하기 위한 치열한 권력전쟁의
양상으로 보일 수도 있다.
그러나 내가 생각해 보고자 하는 것은 다른 해석이다.
백설공주라는 완벽한 미인에 대해 한 늙어가는 여자가
벌이는 치열한 질투와 전쟁에 관한 관점이다.

이 동화 속에는 오늘날 나르시시즘을 표현하는 데 호재로
쓰이는 거울이 등장하는 것도 특기할 만하다.
이 거울은 말을 한다.
물론 우리가 흔히 보는 거울은 말을 하지 않지만,
그 거울을 바라보는 우리가 내면에서 스스로 말을
주고받음으로써 우리의 거울도 역시
무엇인가를 말해주는 거울이다.
'거울아 거울아 이 세상에서 누가 제일 예쁘니?'
이 질문이야말로 인류역사가 끝나는 날까지
여성들이 되풀이할 거울을 향한 질문인지도 모른다.
그리고 그 질문에 대한 대답은
'물론 왕비님이시죠'라고 나와야 하는 것임에 틀림없다.

왜 내가 제일 예뻐야 하나?
세상에 제일 예쁜 사람이 하나라면 그 한 명을 제외한
나머지 여자들은 그보다 덜 예뻐야 하는데, 세상의
모든 여자를 제치고 내가 제일 예쁘기를 바란다는 것은
터무니없는 허욕이며 공허한 이상이 아닌가?
누가 그걸 모르나?
하지만 꿈은 그렇게 꾼다는 것이다.
왜 불가능한 꿈을 꿀까?
여기에는 누군가가 심어준 허위의식이나 거짓 꿈이
개입된 것이 아닐까? 예쁘다는 것은 또한 무엇인가?
모든 여인들이 질투하고 자신의 거울을 바라보며 '나보다
더 예쁜 저년'을 죽이고 싶은 마음이 들도록 하는,
그런 예쁨? 혹은 모든 남성들이 첫눈에 얼이 빠져버리는
뇌쇄적인 아름다움으로 이 남성이데올로기 세상의 한
지배자가 되는 것?

거울을 바라보는 행위에는 자신이 그토록 희망하는
아름다움의 동기나 목적이 무엇인지를 잊어버리게 하는
맹목적인 어떤 강박에 사로잡히게 하는 무엇이 있다.
예뻐지고 싶다. 나는 예뻐야 한다. 지금보다 훨씬 더.
누구보다도!
물론 모두가 자신을 아름답다고 생각하고 있는 것은
아니다. 그러나 거울을 바라보는 여인의 마음속에
일어나는 백설공주 계모의 마음을 누가 부인하겠는가?
거울아 거울아 이 세상에서 누가 제일 예쁘냐?
그것이 나였으면!

바로 이 마음 말이다.

그런데 다음 대목에서 많은 사람들은 고개를
갸우뚱거린다. 거울이 이렇게 대답하기 때문이다.
"예전에는 왕비님이 가장 빼어난 미인이셨지만
지금은 백설공주이옵니다."
지금 이제 일곱 살이 된 공주가 가장 예쁘다고 말해주는
이 정직한 거울의 대답은, 왕비를 격노하게 만들었다.
감히 이년이 나보다 더 예뻐? 죽여버리고 말 거야.
그러나 그 동화를 읽는 많은 사람들은 생각한다.
설사 그렇다 하더라도 왕비는 세상에서 두 번째로 잘난
미인일 텐데 무엇이 부족하단 말인가?
너무 지나친 오만과 집착이 아닌가?
나 같으면 그 정도만 되어도 너무너무 행복할 것 같은데.
동화라서 좀 뻥을 치는 것인가?
이렇게들 생각한다.

이등미인이면 안되나? 미모에 대한 갈망이란 이렇게
사려분별도 유연성도 없는 아메바적인 패권주의란
말인가? 이런 플롯이야말로 여성의 아름다움 추구를
모욕하기 위한 이야기의 트릭이 아닌가?

전년도 미스 유니버스나 미스 코리아가 자신의 왕관을
다른 후배에게 넘겨줄 때의 표정을 본 적이 있는지?
그 표정은 정말 하나의 풍경이다.
활짝 웃고 있는 그 모습, 여유 만만하고 너그러운

그 자태 안에 뭐랄까 서운하고 쓸쓸한 느낌이 감도는 것은
보는 이의 선입견 때문일까?
기쁨과 슬픔이 공존하고 자랑과 질투가 공존하는
이 기묘한 표정에서 한 시대의 미(美)의 고독과 가파른
질서를 읽는다.

표피(表皮)의 신화, 그 전위 역할을 하는 미인경염대회는
많은 여권운동가들과 남녀평등론자 등에 의해 그토록
반대되어 왔지만 아직 건재하다.
그것이 인류의 절반에 대한 철저한 모독이라는 주장과
예쁨이라는 불합리하고 왜곡된 질서에 대한 맹목적인
추종일 뿐이라는 주장은 그저 논리적인 메아리로만
존재할 뿐 아름다운 여자들의 시위와 그것에 대한 갈채
앞에 무기력하다. 그것은 여성의 아름다움이 돈과 영광을
한꺼번에 가져다주리라는 오래된 꿈들의 가장 솔직한
구현인지도 모르겠다.

백설공주의 새엄마를 격분하게 하였던 것은 무엇일까?
자라나는 전처의 딸이 자신보다 더 예쁘다는 것이
그녀의 영혼을 그렇게 뒤흔들었을까?
그렇다면 그녀는 저 전년도 미스코리아보다 훨씬
자제심이 없는 여자에 불과했을까?
그녀의 분노는 아름다움에 대한 질투에서 기인한 것이긴
하지만 좀더 근원적인, 자연질서에 대한 항의를 담고
있다는 점이 눈에 띈다.

백설공주는 이제 떠오르는 아름다움이며 자신은
한물가고 있는 아름다움인 것이다.
따라서 새 엄마의 분노는 백설공주라는 한 개인에 대한
분노 뿐 아니라 노화(老化)에 따른 미(美)의 조락에 대한
분노인 점이 특기할 만하다. 이등미인이라면 아직도
자랑삼을 만한 일이 아니냐는 지적은, 절정에서 추락하고
있다는 심경에서는 아무런 위안이 되지 않는다.
새 엄마가 질투하고 있는 것은 싱싱하고 탱탱한 피부,
그리고 타오르는 입술, 젊음이 상징하는 새로운 시대가
아니었을까?

그녀가 결혼한 나이는 몇 살이었을까? 열 아홉 혹은
스물? 아니면 스물 다섯?
그 나이는 나와있지 않지만, 왕이 이미 늙어가고 있는
여자와 재혼하지는 않았을 것이다. 그것도 세상에서 가장
아름다운 여자와 재혼한 것이니, 그녀의 젊고 싱싱함을
높이 샀으리라.
결혼할 때 나이가 스물이라고 친다면, 백설공주가
일곱 살인 무렵엔 겨우 스물 여섯이다. (공주가 태어난 지
1년 만에 재혼했으니까.)
스물 여섯 살인 여인이 일곱 살인 자기 딸의 아름다움에
질투하고 있는 이 상황은 어쩌면 옛 시대의 과장법 같아
보인다.

그러나 거울을 바라보면서 문득 거울 속에서 발견했을,
잡티나 주름살 등 노화의 섬세한 징후들이 그녀를

놀라고 두렵게 했을 것이다.
이 아름다움은 영원할 것이라고 생각했는데,
이 아름다움의 권력이란 영원할 것이라고 생각했는데,
이렇게 쉽게 무너지다니?
아름다움이란 고작 한 순간, 한 여인의 신체 위에
한나절 볕처럼 머물렀다 떠나는, 덧없는 영화임을
깨달았을 때 그녀가 느꼈을 불안과 슬픔은
적지 않았을 것이다.
백설공주는 바로 그런 내면의 공황을 바깥으로 꺼내준
하나의 매개물이었을 뿐이다. 백설공주에 대한 분노는
곧 자신의 노화에 대한 분노이며, 또한 그 노화를
인정하지 않으려는 한 여인의 치열한 몸부림이다.

이 새엄마의 분노는 인류의 절반을 찍어누르는
무의식이 되어, 지금도 많은 늙어가는 여인들의 정신 속에
아름다움에 대한 질긴 집착과 그것을 배신하는 현실과의
불화를 아로새긴다. 새엄마는 소리친다. 당장
백설공주를 죽여 그 아이의 혀와 심장을 꺼내오너라.
심장과 혀는 젊음을 상징하는 피와 아름다움과 매력을
상징하는 입술의 다른 이름이다.
사냥꾼은 백설공주를 죽이는 대신 멧돼지를 죽여
그 혀와 심장을 왕비에게 바친다.
왕비는 그것을 먹는다. 백설공주의 혀와 심장을
먹음으로써 다시 공주의 젊음을 가로채겠다는
이 대책 없는 욕망이야말로 아름다워지려는 여인의
맹목을 보여주는 생생한 신화이다.

동화 백설공주는 놀랍게도 늙은 여인에 대한 집요한
비웃음을 담는다. 이 동화의 마지막 장면을 기억하는가?
죽었다가 다시 살아난 백설공주는 잘생긴 왕자와
결혼을 한다.
그 결혼식에 새엄마가 초대된다.
왕비의 거울은 자기보다 오늘 결혼한 이 신부가 더
아름답다고 말해준다. 왕비는 분노와 놀람 때문에
그 자리에 얼어붙는다. 그런데 바로 이때,
사람들이 벌겋게 달군 무쇠신발을 그녀 앞에 놓는다.
그들은 왕비에게 이 신발을 강제로 신겨
죽어 쓰러질 때까지 춤을 추게 한다.

집요하게 백설공주를 죽이려고 한 죄에 대한 복수는,
잔혹한 죽임이 아니라 우스꽝스런 춤이었다.
왜 이런 방식을 선택했을까?
주제 파악을 못한 한 늙은 여인에 대한 격렬한
비웃음이 아닐까?
결국 그녀는 젊고 싱싱한 아름다움에 지고 말았으며
뜨거운 구두 속에서 쪽팔리는(?) 최후를 맞는다.
이 쪽팔림이야말로 어쩌면 지고(至高)의 오만으로
똘똘 뭉친 이 여왕에게 고통보다 더한 질곡이었으리라.
이 동화는 늙은 여자를 경멸하는 인류 정신의 비뚤어진
전통 위에 서있다.

그런데 동화를 곰곰이 읽어보면, 여왕의 나이에 대해
자꾸만 헷갈리게 된다.

여왕은 정말 늙은 것일까?
왕비는 백설공주를 죽이기 위하여 할멈으로 변장한다.
이 할멈의 이미지가 왕비의 이미지로 전이되어,
왕비가 진짜 늙은 여자인 것처럼 느껴지게 한다.
그러나 왕비는 스물 여섯 살의 아직 탱탱한 나이다.
이 동화의 설정이 일곱 살 대 스물 여섯 살의
미모 대결보다는, 아름다운 처녀와 쭈그렁할멈 간의
대결로 비치는 점은 이 이야기의 숨긴 의미결을
읽어내는 데 한 단서가 될지도 모르겠다.

백설공주는 '젊은 아름다움' 이기 때문에 선(善)이며
왕비는 '늙은 추함' 이기 때문에 악(惡)이라는,
이분법적 도식이 혹시 이 동화를 읽는 무의식을 푸맹하고
있는 게 아닐까? 이 같은 생각들이 한 인간의 심리 속에
공존할 때, 그것은 바로 긴잡을 수 없는 노화의 공포다.
아직 나는 늙지 않았다는 맹렬한, 세월에의 항의는
바로 백설공주를 용납할 수 없는 왕비의 심정이다.
이 같은 불합리한 몸부림이 비극적으로 끝나는 것은
당연한 자연의 질서이겠으나, 늙음 자체에 대한
히스테리는 자연스런 연륜의 아름다움을 인정하지 않고
공소하고 획일적인 한 시절의 미학에만 집착하는
결과를 부른다.

많은 동화들이 그런 것처럼 이 이야기 속에도 남자들은
별로 눈에 띄지 않는다.
일곱 난쟁이들은 중성적 이미지이며 성실하고 근면한

백설공주의 보호자 역할을 맡는다. 왕비의 남편이자
백설공주의 아버지는 거의 보이지 않는다.
현실적으로 따지자면 공주가 실종된 상황에 대해
왕이 문제 삼을 법도 하지만, 왕의 목소리는 전혀 없다.
다만 왕비의 역할을 충실히 지원해주는 쪽의 어리석은
배역을 맡았을 것이라는 추정이 가능할 뿐이다.
왕비는 왕의 권력을 등에 업고, 전처의 소생인 의붓딸에
대해 공격을 퍼붓고 있는 셈이다.

독이 묻은 사과를 먹고 숨진 공주를 구한 왕자는
구원자 모티프의 한 전형이다.
왕자는 아주 우연히(마차가 흔들리는 바람에 목에 걸린
사과조각이 튀어나와) 공주를 살려낸다.
그리고 그녀와 결혼을 한다.
공주가 수많은 고난을 이겨온 대가는 바로 결혼식이다.
훌륭한(여기에는 부와 권력 그리고 생김새 등의 외면적
요소만 해당되며, 내면은 외면의 훌륭함 때문에 당연히
훌륭할 것이라는 고전적 상상력에 의존한다) 왕자와
결혼에 골인하는 것이야말로 여인의
행복의 완성형이라는 관점은 세속적인 꿈의
원형이다. 여성이 자신이 원하는 삶을 적극적으로
누림으로써 행복해질 수 있다는 주장들은 그리
오래되지 않은 것들이다.
백마 탄 기사가 훌쩍 나타나, 별볼일없는 상태의 자신을
태워갈 것이라는 수동적인 인생관은 이 시대에조차도
낯설지 않은, 여인들의 꿈의 세목이다.

백설공주도 굴러온 복을 누린다.

훌륭한 남자에게 선택되는 것이 여성이 아름다워야 하는
이유라는 점은, 계모의 경우에도 마찬가지다.
그녀도 아름다웠기 때문에 아주 끔찍한 심술과 병적인
정신을 가지고 있음에도 불구하고 왕에게 선택된 것이다.
그 아름다움이 반드시 덕성을 갖춘 선한 아름다움일
필요는 없다는 점을 동화는 슬쩍 비춰준다.
그렇다면 이 동화는 아주 심각한 후일담을 상상하게 한다.

백설공주도 곧 늙을 것이다.
그녀가 아이를 낳고 그 아이나 혹은 그 아이 세대의 다른
소녀가 그녀를 능가하는 아름다움을 지녀서, 그에게로
향했던 뭇 남자들의 시선을 모조리 빼앗아 가게 되었다면
그녀는 어떻게 행동할까?
백설공주 동화를 아무리 읽어봐도 공주의 내면을
속속들이 알기는 어렵지만, 왕비가 코르셋과 독빗 그리고
독사과로 유혹할 때 대책 없이 넘어가는 것을 보면,
그리 자제심이 많아 보이지는 않는다.
그렇다면 이 동화의 해피엔딩은 아직 미완의
불안한 종장으로 남는다.
백설공주의 고난을 설명하기 위하여 데려왔던 백발왕비의
패덕(悖德)은 기실 백설공주를 포함한 누구도 비켜갈 수
없는, 세월이란 이름의 터미네이터이기 때문이다.

구성애 현상 ♪

구성애라는 들을 만한 입담을 지닌 성교육 강사 하나가
장안에 화제가 되고 있다.
이런 재담가의 부상(浮上)은,
건강 신드롬을 불러일으켰던 이상구 박사의 강연과
지금은 이름이 잘 기억나지 않지만 재미있는
신앙 강좌로 명성을 떨친 불교계 인물의 털털한 강좌,
그리고 교수이자 정치인으로 바쁜 행보를 펼쳤던
김동길씨 같은 분의 구수하고 설득력 있는 입담 등이
일정한 유행현상처럼 주기적으로 사이클을 그리며
우리 사회에 화제를 던져왔던 점을 고려한다면
이 또한 그런 대중취미가 발동하고 있는 것에
불과하다는 예단을 만나게 된다.

그럴 지도 모른다.
우린 얼마나 이 같은 조크 섞인 이야기 방식에
굶주려 있는가. 옛날에도 이런 것만을 전문으로 하는
만담가가 있었다. 어린 시절 라디오를 켜면
김용운 고춘자의 따발총 같은 쉰 목소리의 재담들이
얼마나 정겨웠는가.

"

그들은 별로 재미있지도 않은 얘기들을 반복했지만
서로 재미있다고 낄낄거리면서 재미를 부추겼다.
개그라는 장르가 생겨나고
각종 토크쇼가 유행을 하면서 말로써 남을 웃기는 지혜
들이 날로 날카로워지고 섬세해지고 있다.

구성애 현상은 대중의 웃음만을 겨냥하고 있지
않다는 데서 개그와는 좀 다르다. 그것은
'아. 우. 성' 이라는 기발한 약어에서 보이는 것처럼
'아름다운 우리들의 성을 위하여' 단지 그 우스개적인
화법을 차용한 것일 뿐이라는 점에 특징이 있다.
이것은 종전에 이상구 박사가 우리의 상식의 허를
콕콕 찌르면서 시원스럽게 새로운 건강관념을 정립시켜
나가던 때와, 메뉴만 바꿔놓는다면 꽤나 흡사하다.
이번엔 성교육에 관한 얘기인 것이다.

성교육. 이는 얼마나 까다로운 소재인가.
우리처럼 성에 대해 어정쩡한 관점과 기준과
다양한 잣대의 혼선 속에 헤매고 있는 사회도
없을 것이다.
법전을 바닥에 깔고 앉은 교과서적인 기준들은
여전히 남자와 여자 간의 정당한 부부관계 이외에는
어떠한 성행위도 불결하기 짝이 없다는 점을 강조하며,
맹렬하고 가차없는 고정관념을 형성시키고 있다.
동성동본의 결혼 허용이 사회이슈가 될 정도로 공론적인
성의식은 보수적이고 폐쇄적이다.

그러나 실지로 일어나는 사회현상은 어떤가?
주부들의 집단 매춘에다가
40~50대 아저씨와 열다섯 살 여학생이
사귀면서 성관계를 갖는 왜색의 '원조교제',
혹은 음란 폰팅과 포르노, 게다가
최근엔 통신을 이용하여 '스와핑'이라는 미국식의
부부교환 섹스까지 즐기고 있는 상황이다.

물론 이 같은 사회현상은 아직 일각일 뿐이며
성풍조의 왜곡을 징후하는 극단적인
증거들일지도 모른다.
그러나 수도권 일대에 늘어선 러브호텔들과
늘어나는 이혼, 그리고 심각해지는 10대 매춘 등은
그것이 그렇게 멀리 있는 것이 아님을 실감나게 한다.
우리 사회의 엄격한 잣대와
그 반대로 치닫고 있는 성모럴에 대한
혼란과 위기의식이 이제
우리들의 의식을 누르는 한 강박관념이 되었다.

우리는 한 순간엔 무지무지 고루한 성도덕론자가
되었다가,
한 순간엔 자유연애론자가 되기도 하며,
순결론자가 되었다가 섹스예찬론자가 되기도 한다.
클린턴의 불륜을 비난하다가 돌아서서
수많은 포르노의 욕망이나 유흥가의 성행위 등에
대해서는 관대해진다. 이런 성혼돈의 사회 속에서,

우린 뭐 그렇게 저렇게 산다 치더라도
우리들의 2세, 이제 자라나는 놈들은 도대체
뭘 어떻게 배워야
성과 관련한 사고 안 치고 제대로 클 수 있는 건지
가 한 관심사가 되었다.

그것은 섹스범람의 사회에서,
넘쳐나는 10대 소녀들의 매춘과 10대 소년들의
성폭력 행위들에게서 적어도 내 아이 만은
좀 면역성을 가지도록 할 수 없을까 하는
부모다운 조바심이다.
구성애의 성교육은 바로 이 같은 니즈를 파고들어
적절한 구원자 노릇을 하다.

구성애의 이야기들은 아이들의 성에 대한 관심을 니무
옥죄지 말라는 현실적인 방법론을 제시하고 있다.
현재 하고 있는 것을 하게 하되(아주 나쁜 짓도?)
너무 지나치지 않게 관심을 기울이라는 것이 초점이다.
그러나 그것을 표현하는 용어들 자체가
우리 사회에선 대부분 금기어(禁忌語)다.
그 말을 조심스럽게 에두르긴 하지만
텔레비전에서 비교적 직설적으로 사용하는
여자 강사의 말은 낯설고 쑥스럽다는 이유 때문에
웃음을 자아낸다.
그녀의 말들은 어쩌면 어른들이 뱉어내고 싶은
언어욕망을 대리하는 점에서 어필하는지도 모른다.

남녀의 성기를 표현하기 위하여 거시기 저시기,
잠지, 꼬추 따위의 알맞지 않은 표현들을
우린 얼마나 조심스럽게 말해야 하는가.
그걸 제대로 말하라고 강조하니 듣기만 해도
속시원하지 않은가.
게다가 아이들의 자위행위를 보고 너무 놀라지 말고
깨끗한 휴지를 갖다주면서,
그 행위를 추인하라는 얘기는,
그것이 그녀의 입담이 아니라 할지라도
매우 신선하고,
우리 사회로서는 대담한 메시지일 수 있으리라.

게다가 그녀는 말빨도 세다. 경박스러운 말투가 아니라
노련하고 유창한 솜씨로 툭툭 내뱉는 품이 사뭇
재미를 유발한다.
그런데 그 입담이 겨냥하는 것은 결국
성에 대한 분방함을 인정하는 관대함이다.
말하자면 그녀는 우리의 교과서적인 성의식의
지진아적인 폐쇄성을 문제삼고 있다.
이런 점에서 보자면 일정하게 불온한(?)
성의식일 수도 있다.
그러나 그녀는 현실에서 나타나고 있는
심각한 성혼란까지 건드리지는 않는다.
그녀는 그런 성혼란의 존재 자체는 인정하면서
그런 위험한(!) 지경까지 가지 않도록,
현실적인 선에서 아주 전략적으로

자녀들에게 일정하게 관용해야 한다는 의견을
제시하고 있다.

그러나 구성애의 성교육은 무늬만 관대함일 뿐
사실 상당히 보수적일 수밖에 없는 생래적인
이유를 지니는 듯 하다.
그가 표방하는 '아름다운 성' 이란
부부관계라는 사회적으로 공인되는 성을 상정하고
그것에 안전하게 궤도진입하기 위한
방법론으로서의 관용을 제시하고 있는 것이기
때문이다.
그리고 사실 우리 사회에서 그렇게 말하는 방식을
제외한 다른 성교육이란 있을 수 없으며,
있다면 아마 다중의 공격에 의해
제지당할 것이다.

이런 점에서 구성애 현상은 성해방을 꿈꾸는
다중과 그들의 자녀들에게 거짓 화해의 손길로 다가가는
위약(僞藥)이기 십상이다.
구성애는 많은 제안을 하고 있지만 실제적으로는
무능하다. 그녀는 '딸따리' 를 하는 아이에게
휴지를 갖다주라고 말하고 있지만 그것으로 문제는
해결되지 않는다.
그것을 가져다준 부모를 생각하며 부끄러움 때문에
그 행위를 자제하리라고 추측해버리지만,
그게 그렇게 간단치는 않다.

그가 그런 자위행위를 하는 것은 물론 자연스런
생리적인 현상이긴 하지만, 더욱 중요한 점은,
성욕망을 자극하는 무한대의 충동들에 무방비 상태로
노출되어 있다는 점이다. 그것은 그냥 자신의 몸으로써
욕망을 해소하기 위한 몸부림이기도 하지만,
어떤 다른 방식의 욕망해결을 꿈꾸는 과정에서
일어나는 일이기 때문에, 그것으로 모든 문제가 끝난 것
은 아니다.

구성애 현상은 다만 우리가 쉬쉬하는 것들을
꺼내서 얘기해주고 한번 문제화하여 생각해보게 한다
는 점에서만 효용을 지닌다.
그것이 해결 방식으로 내놓은 제안들은 실은 별로
볼 것이 없다.
그것은 구성애의 한계이긴 하지만 구성애의 잘못은
아니다. 왜냐하면 우리 사회는 그런 문제를
해결하기 위한 심도 있는 연구와 노력을 기울여오지
않았기 때문이다. 아니 아이들의 그런 문제 말고,
어른들조차도 심각한 가치와해에
시달리고 있는 실정이다.
어디까지가 허용치이며 어디까지가 금기선인지
무너진 상황이다. 이런 성모랄은 권력과 개인주의라는
다른 복잡한 심리적 간섭기제까지 개입하여,
기준이 왔다갔다 하고 있는 상황이다.
다만 구성애 현상은 그런 성윤리의 공황 속에서
우왕좌왕하는 다중의 심리에 기분 나쁘지 않은

위무(慰撫)서비스를 펼치고 있다고 보면 된다.

문득 구성애의 걸쭉한 재담을 들으며,
디드로의 소설 '입이 가벼운 보석'이 생각났다.
한 요정이 어느 왕자에게 마법의 반지를 선물했다.
그런데 그 마법의 반지가 괴짜다.
그 마법의 반지에 달린 보석을 여자들에게 갖다대면,
그 여자의 성기가 자신의 성적체험담을 고백하게 되는
것이다.
여기에는 매우 날카로운 은유가 개입된다.
반지의 보석이란 성적인 고백을 강요하는,
심문이다. 성적 고백이란 오랫동안 서구사회에서
고해성사라는 행위형태로 진행되어온,
성규범과 일탈에 대한 치열한 담론문화라고 볼 수
있다. 이건 뿌코의 얘기다.
즉 성에 대해서 우린 얼마만큼 진실해지고 솔직해져야
하며, 또 진실하고 솔직해질 수 있는가의 문제가,
푸코의 한 관심과, 구성애와 우리 모두의 한 고민을
관통하는 공통 주제다.
사실 우리의 사회라면 망고궐 왕자의 반지는
무용지물이다.
부부 일편단심과 원조교제라는
도저히 귀일(歸一)할 수 없는 이중의 잣대 사이에서,
아무리 성기 근처에 갖다대도 '아. 우. 성'만
지를 것이다.

체험적 성이라는 현실과
그것을 따져묻는 교과서적인 심문과
체험적 성에 밀착하는 기준을 강요하는 대중적 욕망
사이를 화해시키겠다고 나선 구성애의 만용은,
유럽도 아닌 이 나라에서, 어찌 보면 가상한 용기이며,
그것에 대한 갈채는 그 용기에 대한 최소한의
보상이라고 볼 수도 있을 것이다.

러브호텔

도시라는 인간의 거대한 마을이 껴안고 있는 것들에는
고궁이나 육삼빌딩처럼 자랑스럽게 내놓을 만한 것도
있겠지만 퇴폐이발소나 미아리텍사스처럼 툭 까놓고
보여주기에는 쑥스러운 치부에 해당하는 것들도 있다.
그러나 부끄러운 곳들도 실은, 도시를 구성하는 빼놓을
수 없는 특징이다.

거대한 빌딩의 그늘자리에 숨듯 자리잡거나 아니면
사람의 눈이 잘 안 닿는 허름한 구석에서 꽃피는
이런 또 하나의 기쁨산업은 지킬박사로 대낮을 활보하는
인간의 내면에 숨은 하이드의 얼굴에 다름아닐 것이다.

러브호텔이라고 불리는 예쁜 이름의 집들도 실은
우리들의 그런 부끄러움의 성감대 안에 들어오는
건물들이다. 서울에서 외곽을 조금 벗어나기만 하면
줄지어 화려한 숲을 이루는 러브호텔은 이제 누가
뭐라 해도 우리 수도권의 당당한 한 풍경이요,
한국이라는 나라의 한 풍물이라 해야 할 판이다.
그 아름답고 동화 같은 집들이 부끄러움의 기표 아래에

줄서는 이유는, 그 집들의 쓰임새에 있을 것이다.
이 호텔들은 아름다운 부부나 연인들이 주말에 바람도 쐴
겸 또 호젓한 데이트도 할 겸해서 찾아오는 쉼터가
아니기 때문이다. 이 아름다운 집 안에서 벌어지는 풍경
들은 우리 사회의 한 중요한 골격이 상당히 과격하게
허물어지는 현상의 한 부분을 비쳐준다.

주로 아내가 있는 남자들이, 사무실의 여직원과 눈이
맞아 오거나, 유부녀가 건장하게 생긴 연하의 총각과
팔짱을 끼고 들어오거나, 아니면 둘 다 임자 있는
남녀들이 다른 임자를 끼고 마치 처녀총각처럼 뜨겁게
몸을 밀착한 채 들어오는 장면은, 이미 텔리비전 심층
취재등에서 너무 많이 우려먹어, 안 가본 사람들에게도
이미 상식이 되어버린 그림들이다.

요컨대 이런 장면들이 보여주는 함의는, 도시에서 몰려
온 욕망을 수용하기 위해 지어진 동화 속의 집들이,
바로 정상적인 부부관계, 혹은 법이 허용하고 사회가
인정하는 가족관계에서 일탈하는 특별한 관계지음을
보호해주기 위해 생긴 집들이라는 점이다.

이런 혐의에 대해서 러브호텔 관계자들과 이곳의 손님
들은 마뜩잖게 생각하리라. 러브호텔 출입이 어디까지나
성인들의 자유로운 선택일 뿐이며 진짜 부부와 처녀
총각이 온다고 말리는 거 봤냐고 볼멘소리를 할지
모른다.

그런데 실은 진짜 부부가 가면 호텔 쪽에서 재미없어
한다. 방이 텅텅 비어있어도 예약이 꽉 찼다며 손사래를
내젓는다. 이건 경험했다. 양수리 부근에서 건물이 하도
예뻐서 우리 부부가 용기를 내어 들어갔다가 당한
퇴짜였다. 물론 내 손에는 아이의 손이 잡혀 있었고
종업원은 그걸 보더니, 분위기 확 잡칠 거라고 판단했는지
서둘러 문앞에서 가로막은 것이다.

러브호텔은, 우리 사회의 어떤 이행과정을 웅변하는
증좌로서 자리매김될 수 있으리라. '애인' 신드롬은,
유부남 유부녀가 아름다운 사랑을 할 수 있다는
가능성을 가득 담은 드라마를 방영하여 전국의 결혼한
남녀들의 심금을 울린 기이한 현상을 포함한다.

이런 신드롬이 자기의 가정에 불어닥친다면 별로 좋을
것이 없어 보이는데도, 답답한 일상과 갑갑한 가정의
울타리에서 일탈하여 처녀총각 때 못 다한 사랑의 불을
다시 지펴보고 싶은 어떤 세대의 욕망의 누선을 자극
하여, 당시의 시청률을 팍팍 끌어올렸다.

러브호텔은 애인신드롬을 구체화하는 현실적인 장(場)
이다. 거기서는 탈선과 비윤리에 대한 자괴감과 가족에
대한 가책감이 집행유예된다. 도시라는 꽉 짜인 곳에서
해결할 수 없었던 원시적이고 원초적인 욕망과 남의
눈들 때문에 표현하기 어렵던 사랑에의 갈망을 "니 맘대로
하세요"라고 풀어주는 욕망의 섬이다. 애인신드롬의

몽롱한 욕망이 꿈이 아니라 현실에서 당당히 펼쳐질
수 있음을 말해주는 생생한 무대다. 아니 그렇게 말하면
뭔가 부족하다. 이미 이 호텔들은 성업중이며
수많은 유동근 -황신혜들이 이곳을 들락거리고 있다.

맛있는 요리집이 늘어서 있는 주변의 식당가에서
근사한 술과 음식으로 긴장감을 푼 뒤에 바로 인접해
있는 동화 속의 집으로 들어가는 과정은 그것의
사회적인 문맥만 고려되지 않는다면 진짜 그림같다.

이 그림같은 풍경 속에서 지아비 지어미 아닌 남녀들은
부끄럼과 불안감을 잠시 내걸어놓은 채 서로의 몸을
찾아 침대 속으로 들어가는 것이다. 그들의 불륜을
가려준 이 고마운 집은 밖에서 보면 그저 마냥 아름답게
오똑 서서 아무 일 없다는 듯이 시치미를 뗀다. 그저
고혹적인 네온사인을 반짝거리고 있을 뿐이다.

우리시대의 부부관계란 무엇인가.
우리시대의 가족이란 무엇인가.
이런 질문에 알맞은 답을 꺼내려면 러브호텔에 대한
그림들을 뒤집어보면 된다. 거기에는 한눈을 파는 남녀
가 있다. 그들은 정말 걷잡을 수 없는 사랑의 폭풍에
휩쓸려 이곳까지 왔는지 모른다. 혹은 다른 육체에 대한
갈망으로 동화집 속으로 들어온 건지 모른다.

이것은 수 천년 동안 수없는 남녀들의 딴 눈을

붙들어매어 온 그 위력적인 제도의 약발이
서서히 떨어지고 있는 증거다.
한 남자 한 여자에 숨죽여 살았던 유부녀 유부남들이
당당하게 다른 상대를 찾고 그와 즐기는 이런 오아시스가
번창하고 있다는 것만큼 결혼제도의 적신호가
어디 있겠는가?

물론 이런 오아시스는 그냥 징후일 뿐인지 모른다.
아직도 많은 가정과 부부들은 여전히 일부종사의 체제
속에 건재하며 러브호텔의 이용자라 할지라도
그런 체제를 파괴하고 험난한 독자적인 길을 가기보다는
다만 일시적으로 달아오른 욕망의 불을 끈 뒤 다시
가정으로 복귀하는 신리파인 경우가 많을 법도 하다.

러브호텔이 사람의 눈을 쉽게 피할 수 있는 호젓한
시골에 번성하는 것은, 그 이용자들의 불안감과
부끄러움이 여전히 가시지 않고 있음을 반영한다.
아무리 그것이 아름답게 포장되어 있다 하더라도
그들의 머리에는 해묵은 윤리교과서가 펄럭거릴 수밖에
없을 지 모른다.

러브호텔이 지어진 곳을 유심히 관찰해보면 도로가
서울 방향인 곳에 번성하고 있음을 알 수 있다.
볼 일을 치른 뒤엔 한시바삐 서울로 돌아가고 싶은
그들의 심정을 반영한 것이다. 유턴을 하는 것조차
그들은 불안한 것이다. 이 급박해지는 동선(動線)에

러브호텔의 심리학이 숨어있다.
러브호텔에는 불온한 어떤 혁명이 어른거린다.
그것은 기존의 체제를 뒤엎을 수 있는 파괴력을 가진
욕망들의 개화이다. 오랫동안 숨죽여왔던
부부이데올로기의 반항아들이 숨가쁜 일탈의 역모를
꾸미는 곳이다. 그러나 그들은 아직
껍질을 깰 만큼 간이 부어있지는 않다. 그것이
우리 사회의 부부관계의 한 지형도를 말해준다.

러브호텔은 드림산업이다. 주부들의 90프로가 다른
남자를 사귀고 싶다는 믿기 어려운 조사결과가 나와
있지만, 가정이라는 새장에 갇힌 새들에게
비상의 날개를 달아주는 유혹적인 교묘한 상술이
바로 이런 호텔 장사가 아닐까 싶다.

저 언덕 위에 주홍글씨를 문패로 달고 서 있는
현란한 무지개를 바라보며 난 그 어떤 엉큼한 꿈을 꾼다.
하지만 곁에 있는 아내도 같은 꿈을 꿀까 두려우니,
황망히 꿈을 접는다.

빨간마후라와 ○양 포르노

나무 관음(觀淫)보살이로다.

욕망이 이상증식하고 있는 것일까.
욕망이 욕망의 새끼를 쳐, 자꾸만 자극적이고 격렬한
무엇을 찾아 나선다. 이 시대의 기분, 아무리 욕망중추를
긁고 달래도 허기가 남는 변덕스런 유령 같은 것이,
인간의 섹스 주변을 피폐화하고 있다. 헐리웃이 오래
전부터 예언해온 황량한 섹스의 풍경들은 이제 인간의
무의식과 의식의 자장 속에서 내장된 욕구의
긴요한 뼈대를 이루고 있다.

빨간 마후라는 하나의 함언 같은 것이다.
열여섯 살의 조숙한 소녀 하나가 두 명의 동갑내기쯤
되는 사내아이와 펼치는 섹스 연출은 몇 가지 이유에서
이 시대의 숨을 멎게 한다.

그것은 우리 도덕이 겉가림으로나마 버텨온 어떤
자신감 같은 것을 도저히 지탱할 수 없게 만든다.
그 자신감을 비웃는 어떤 주먹질이 매섭고 아프다.

이 어설프고 지직거리는 아마추어 포르노는 당대의
동년배들을 매료시키며 훑고 지나간 뒤 이젠
하나의 희귀 상품, 혹은 탐욕스런 입맛의 요깃거리로
변하여 뒷골목을 배회하고 있다.

아직 덜 익은 누드 위에 마치 하나의 상표처럼, 혹은
바코드처럼 걸쳐진 빨간 마후라는, 60년대 창공을
누비던 역전의 용사들의 기표를 신랄하게 희화화하며
들썩이는 동영상 속에서 유혹의 긴 그림자를 펄럭인다.

영계술집을 탐하는 버릇은 그 버릇의 세속됨과
무분별함을 증명하는 것이기도 하겠지만, 오래된
탐욕의 전통에 서 있는 것이기도 하다.
늙음을 슬퍼하거나 늙지 않으려고 발버둥치는
사내들에게 풋나물처럼 보숭한 소녀들은, 그것이 설령
그의 회춘에 아무런 도움을 주지 못할 별개의 그리고
고유의 싱싱함이라 하더라도, 어떤 기대와 희망을
드리워 왔다. 그러니 이 시대의 그런 탐욕과 광기를
오로지 엔트로피적 전망으로만 받아들여 인류 공멸의
어두운 징후로 해석하지 않아도 좋을 지 모른다.

요즘 애들의 하염없는 타락과 대담한 유희를 개탄하던
입들과 눈들과 귀들은 공식적인 반응일 뿐이며, 그
공식의 한 꺼풀 껍질 안에 숨은 비공식의 욕망들은 빨간
마후라를 애타게 찾아 나선다. 그 충혈된 시선들이
하나의 시장을 이룬다.

이 두 개의 리얼리티를 어떻게 읽을 것인가. 시대의
위선으로 매도할 것인가. 보다 본질적인 인간성의
측면에서 접근할 것인가.

빨간 마후라는 프로 포르노의 어설픈 모작이긴
하겠지만, 거기엔 포르노의 기법과 영향력에
동의하고 있는 특징이 있다.
하나는 포르노가 추구하는, 특정 부위에 대한
해부학적 과대망상이다. 신체의 단조로운 움직임을
구성하는 남성과 여성의 협동과정에
치밀한 관심을 기울인다.

거기엔 또한 프로와는 달리 10대들 특유의 시선도
있다. 여성의 중심을 성역화하고 거기서 눈 떼지 못하는
관점이다. 어쩌면 섹스행위 전체를 조명하기보다는
섹스행위 때 여성의 모든 기관들은 어떻게 움직이고
반응하느냐에 대한 관심이 더 크다는 느낌을 받는다.

10대적인 특징은 성행위 일반의 건강성과 건전함에서도
두드러진다. 가학적이거나 피학적인 행위나 도구는
억제되고 있으며 '포르노의 공식' 대로 접근하려는
두 사내아이의 요구가 마후라의 거절에 의해
중단되는 것도 인상적이다.

또 하나 의도하지 않았던 소음이겠지만 나무침대의
삐걱이는 소리는 매우 사실적인 배경음이 되고 있다.

마후라는 아마도 어디선가 들은 듯한 신음이나
거부의 말투로 포르노에 영합하지만 실은 그것보다는
툭툭 내뱉는 '씨', '졸나리' 라는 소리가
리얼리티를 생산하고 있다.
빨간 마후라를 보는 목적이 요즘 젊은것들의 빗나가고
웃자란 작태들을 비난하고 타락한 성적 세태에 대해
개탄하는 것에 있는 사람은 많지 않은 듯하다.
여기에는 보다 대담한 욕망들이 개입하고 있다.
일종의 가학심리와 결합한 변태적 욕망일지도 모른다.
소녀의 타락을 즐기고자 하는 마음은 인류역사상의
영계선호와 다르지 않아 보인다. 금지를 생산하면서
동시에 그 금지의 파괴를 욕망하는 이중적 태도가 빨간
마후라의 집단무의식이 아닐까?

요즘 이 나라가 몰두하고 있는 이상한 '생비디오' 열병들
은 빨간 마후라의 새로운 버전이다. 탤런트 오양의
포르노 테이프는 워낙 유명해져서 검찰이 수사에
나서기도 하였다. 오양의 포르노를 가지고 있던
어떤 사람이 어느 가수의 매니저를 협박하여 돈을
뜯어내는 진풍경도 있었다.
그럼 뭐야?
그 가수도 뭔가 구린 데가 있다는 뜻 아냐?
이런 추측에 때맞춰 그녀의 비디오 테이프가 인터넷에
나돌아다닌다는 입소문이 이미 장안에 짜하다.

뿐만 아니라 탤런트 최모, 심모 등의 비디오를

봤다는 관람기들이 인터넷을 통해 속속 올라오고 있는
지경이라, 마치 이 나라의 스타들이 거대한
포르노 사단처럼 느껴지기까지 한다.
벌거벗고 신음소리를 내며 전화를 하는 한 탤런트를
기억하면서 그가 출연하는 드라마를 보는 어떤 시청자가
겪어야 하는 의식의 착란은 의외로 심각하다.
포르노의 범람은 기술의 진보가 낳은 욕망의
재생산이기도 하고, 또한 욕망의 피폐화이기도 하다.
욕망은 동시다발적으로 복제되어 다중을 하나의 욕망권
안으로 불러들인다. 기존의 엉성한 법이나 검열체계로는
이 같은 욕망의 재생산을 도무지 말릴 수 없다는 점도
특기할 만하다.

포르노의 기승이 우리를 옥죄던 낡은 성 금기들을
과격한 방식으로 피괴해 니가고 있음은 물론이다. 그러나
이것이 타당한 방식인지, 이런 과격한 파괴의 결과가
무엇이 될지에 대한 전망을 가지기는 어렵다.
몰래비디오와 인터넷이 합작한 포르노 신드롬은
이미 우리에게 성에 관한 한 1밀리미터의 신비도 남겨두기
어렵게 만들어 가고 있다.

안방과 어둠 속에 가둬 두었던 섹스는 이제 대낮에
다중의 눈길 속에 걸어 들어와 하나의 열광적인 패션을
이룬다. 한때의 취미나 혹은 호기심으로 만들었을지도
모르는 스타들의 포르노는 그러나 그들의 신비한 영역
이었던 보이지 않는 나머지에 대한 상상의 여지를

오로지 섹스의 신음으로 채우는 예기치 않은 결과를
데려오고 있다. 그 숨소리를 기억하는 시청자의 눈에
다른 연기들은 얼마나 서먹한 의식의 혼선이겠는가.
다만 세월이 흘러 그 유혹적인 악몽을 지우기를 바라기
에는 너무 선명한 영상들이 돌아가고 있다.

이 같은 스타포르노에 대한 열광과 집착은 섹스의
일반적인 가학심리와 상관이 있는 것인지도 모른다.
성역처럼 높았던 스타의 은밀한 영역을 공유하고
침범함으로써 좌절된 내면의 욕망들을 보상하려는
심리일 지도 모른다.

빨간 마후라와 오양은, 순결해야할 영역과 고상해야할
영역들이 실은 치부에 얽혀있음을 확인시켜주는 이
시대의 우화다. 그 치부는 물론 당연한 것일 수도 있지만,
당연하지 않은 것일수록, 도덕과 법이 명령한 금줄을
넘어서 있는 경우일수록 더욱 드라마틱한 무엇을
연출한다. 이 위선에 대한 반응도 철저히 이중적이고
위선적이어서, 포르노는 가히 복제섹스 세상을 대표하는
얼굴, 기묘하게 일그러진 몰래비디오 속 스타들의
낯설고 고혹적인 표정 속에서 가장 진지한 함언을
획득하는 게 아닌가 싶을 정도다.

까마귀를 죽이다

참으로 이상하다.
우린 왜 비슷한 색깔의 두 가지 새를 두고, 하나는
죽도록 미워하고 하나는 이유 없이 추켜세워 주는 것일까.
이런 애증을 심은 사람은 누구였을까.

까마귀와 까치 말이다.
까치는 얼마나 좋은 새인가? 새벽 앞마당에서 까치가
울면 귀힌 손님이 오신다는 징조이니 그 지저귐온
우리에게 언제나 복음(福音)이었다. 빛나는 검은빛과
배를 덮은 하얀빛의 눈부신 대비는 상서로움의
상징이었으며, 그의 존재는 우리의 건조한 삶에 뭔가
명랑한 예감으로 다가오는 새였다. 까치는 우리에게 늘
환영받는 길조(吉鳥)였다.

그뿐이랴? 까치는 새로서는 참으로 더없는 영광일
설날까지 가지고 있는 새이다.
그것도 인간이 설날을 맞이하기 하루 전, 마치
어른이 시음식(施飮食)하듯, 당당히 설을 쇠는 것이다.
그 설의 이름조차 까치설날이다.

우리 옛 설화는 온갖 까치의 미담으로 가득 차 있다.
구렁이에 물려죽을 뻔한 선비를 구해준 세 마리의 까치는,
까치를 신령스런 보은(報恩)의 조류 반열에 올려놓았다.
까치는 앞일을 미리 점치고 인간에게 고지해주는
고마운 예언자였으며, 때론 인간보다 더 현명한 판단과
사유로써 인간을 가르치는 덕성스런 새였다.

견우와 직녀는 7월7석날 까막까치 머리로 이어진
오작교를 타고 1년 동안 쌓인 그리움의 회포를 푼다.
물론 여기서 오작(烏鵲)은 까마귀와 까치를
가리킨다고 볼 수도 있으나, 이는 유난히 검은 빛깔의
까치만을 가리킨다는 견해도 있다.
우리 조상들의 까치에 관한 편애를 보자면
그 견해 쪽에 무게가 실린다.

만화가 이현세는 '공포의 외인구단' 이라는 그의
출세작에서 까치란 이름을 가진 반항적 터프가이로
재미를 톡톡히 봤다. 왜 하필 까치였을까?
그는 까치라는 이미지가 지닌 신령스러움과 지혜,
그리고 선한 느낌 같은 것을 모조리
차용해왔던 것은 아니었을까?

그런데, 까치의 대접이 이러했던 반면, 까마귀는
어떠했던가? 이 까닭없이 푸대접 받아온 검은 새는,
한 마디로 재수없는 새, 불길한 새로,
인간의 마을에서는 전혀 반기지 않는 손님이었다.

근거 있는 얘기인지는 모르나, 까마귀는 늘 시체들이
들끓는 음산한 골짜기를 빙빙 돌며, 인간의 살을
뜯어먹을 기회를 노리는 흉측한 새였다.

때로 그 게걸스런 새들은, 아직 채 죽지 않은 인간을
공격하여 그 눈을 파먹거나 심장을 꺼내먹는
잔인함을 보여주기도 하였다.
그러나 이런 장면들은 인간의 피해망상적인 상상력이
한껏 부풀려 놓은 근거 없는 옛날얘기에 불과한 것으로,
실제로 까마귀가 그런 짓을 하였다는 사실을
정색을 한 사람들에게서 한번도 들은 적은 없다.

무엇이 까마귀라는 새에다가 이런 끔찍하고 불긴한
혐의를 덮씌운 것일까. 그의 몸을 덮은 털과 깃이 오로지
한지의 다른 색노 허용하지 않는, 섬은빛으로
덮어씌워져 있다는 이유만으로? 깜깜한 밤이나 인간의
절망을 은유하고 있는 듯한, 저 눈을 무색하게 하는
검은빛은, 정말 저주스런 빛처럼 느껴지기도 한다.

까마귀도 가끔 예언자의 대우를 받긴 하지만,
그 예지조차도 아주 불길한 쪽이다.
에드가 앨런 포의 ‘갈가마귀’란 시에서 까마귀는
음산한 한 마디의 말을 내뱉는다. 열려진 창문으로
들어오는 바람에 커튼이 미친 듯 나부낄 때,
검은 날개를 펴고 날아 들어와서 말이다.

'이젠 끝장이야.' (Nevermore.)

시인이 불행과 절망 서린 가슴 속 고여오는 슬픔을
진정시키려 고개를 들 때마다
이 재수없는 까마귀는 이렇게 까악거린다.
네버 모어!
네버 모어!

까마귀와 까치는 비슷한 새로 인식되지만 실제론
아주 다르다. 우선 그 몸집이 까치는 까마귀의
반도 안 되는 자그마한 새이며, 인간의 마을이 있는
동구 어디서나 버드나무나 미루나무쯤에 둥지를 트는
텃새이다.

반면 까마귀는 닭보다 큼직한 새로, 한두 철
우리나라에 머무는 떠돌이새이다.
까치는 가족끼리 조촐하게 살지만 까마귀는 거대한
군대를 이뤄, 하늘을 사열하며 먼 하늘을
날아다니는 새이다.

내가 이 까마귀를 눈앞에서 만난 것은 어느 가을날이었다.
시골 우리집 앞에 펼쳐진 논두렁에서 아주 우연히
까마귀 한 마리를 잡았다. 이 녀석은 무슨 딴 생각에
빠져 있었는지 아니면 나를 경계하지 않았는지
내가 다가갔는데도 날아가지 않는 것이었다. 다가가
가까이서 녀석의 깃털을 바라보노라니 빛나는 검은 깃이

너무나 늠름하다.
나는 살금살금 다가가서 그 놈의 양 날개깃을 나꿔챘다.
그 놈은 그제서야 정신이 들었는지 푸드득거리며
발톱으로 나의 손등을 할퀴기도 했지만, 내가 그놈을
놓아줄 리 없었다.

나는 닭 만한 까마귀를 가슴 가득 안고 집으로 돌아왔다.
할머니는 까마귀를 잡으면 재수없다고 말씀하시면서
빨리 놓아주라고 성화셨다.
그러나 아버지는 까마귀고기를 먹으면 이승의 일은
모조리 까먹게 된다고 겁주면서도,
잠깐 같이 놀다가 보내주면 별 일이야 없겠지,하시며
반쯤 허용을 해주셨다.

나는 그 거대한 까마귀를 몇 겹의 연실에 묶은 뒤
다시 연실의 반대쪽을 굴뚝에 빙빙 감아 묶어놓고
그 놈의 힘찬 비상과 연실이 끝나는 곳에서 픽
떨어지는 좌절을 지켜보면서, 나의 소유로 들어온 이
날짐승에 대해 자랑스러워했다.
까마귀의 비상은 정말 힘차고 무서웠다.
저 놈이 지금 내 수중에 떨어져있기에 망정이지
자유로운 몸이었다면 충분히 내 눈을 쪼아먹었으리라.

나는 그 까마귀가 절망스런 비상을 잠시 멈추고
쉴 동안을 참지 못하여, 막대기로 그를 다시 쿡쿡 쑤셔
쉼없이 날도록 했다. 그는 막대기에 몸이 닿자마자

그런 수모를 도저히 견딜 수 없다는 듯
몸을 부르르 떨며 다시 솟아올랐다. 그의 비상은
그러나 지붕의 빗물받이로 달아놓은 양철조각에 머리를
부딪치며 다시 떨어지는 좌절일 뿐이었다.

그러다가 내가 이 짓도 심심하여
다른 놀잇감을 찾아 한눈팔고 있을 때
문득 까마귀가 필사적인 날갯짓으로 푸드드드 날아올랐다.
나는 깜짝 놀랐다.
그런데 굴뚝에 감아놓은 연실이 빙글빙글 돌며
풀리고 있었다. 까마귀는 기다렸다는 듯이 그대로
공중으로 치솟았다. 실은 굴뚝에서 모두 풀렸으며 실끝에
매달려있던 연실 감는 얼레마저 막 날아가는 까마귀의
비상을 따라 함께 날아가고 있었다. 까마귀의 힘은
엄청났다. 그 얼레를 달고는 원래 그를 포획해온 동쪽
논두렁이 있는 하늘로 거침없이 날아가는 것이었다.

그러나 그런 비상은 얼마가지 못했다.
원래 그가 있었던 자리까지 채 가기도 전에
연줄에 매달린 얼레가,
전봇대에 걸리고 만 것이었다.
나는 놀라움으로 이 장면을 바라보고 있었다.
그도 당황한 모양이었다. 몇번 다시 날다 고꾸라지며
추락하다가는 이번엔 전봇대 주위를 빙빙 돌기 시작했다.
그러나 돌면 돌수록 연줄은 까마귀를 죄어들고 있었다.
지상에서 약 4미터 정도되는 전봇대 위에서 그는

아까 나에게 갇혔을 때보다 더 지독한 절망에
휩싸였으리라.
이윽고 그가 날 수 있는 공간은 50센티도 되지 못했다.
그는 날갯짓을 멈추고 허공에 대롱대롱 매달렸다.
어이없는 일이었다.

나는 달려가 그를 구해주고 싶었다.
하지만 그 전봇대는 너무 높았으며 또 너무 무서웠다.
그런데 진짜 무서운 일이 벌어지고 있었다.
처음엔 두 마리 다른 까마귀가 그가 묶여있는 전봇대 위에
날아와 앉았다. 그러더니 이내 수십 마리 아니
수백 마리의 까마귀가 전봇대 주위로 날아왔다.
그리고는 이 절망적인 까마귀 주위로 거내한 내얼을
이루며 선회하기 시작했다.
동쪽 하늘은 까마귀로 덮였다.
이윽고 하늘이 어둑어둑해져올 무렵엔 까마귀가
수천 마리쯤으로 불어나 있었다.

까마귀들은 놀랍게도 죽어가는 까마귀와
우리집 사이를 빙빙 도는 게 아닌가.
까맣게 까마귀가 뒤덮은 우리 마당 위의 하늘.
나는 무서웠다.

우리 가족들은 모두 엄청난 광경에 처음엔
놀라다가 나중엔 두려움을 느꼈던지
슬금슬금 방안으로 들어가서 밖으로 나오려 하지 않았다.

그날 밤새도록 까마귀는 우리집 앞 하늘을 까악거리며
날아다녔다. 나는 방안에 숨어 오들오들 떨었다.
이불까지 뒤집어쓰고 말이다.
까마귀들이 우리집을 덮쳐 방문을 부수고 들어와
나의 눈을 후벼팔지도 모른다는 악몽에 시달리면서
밤새도록 끔찍한 공포에 떨었다.

거대한 까마귀 한 마리가 나의 심장을 쪼았다.
아직도 펄떡펄떡 뛰는 심장을 파먹는다.
부리에서 줄줄 피를 흘린다.
온 가족이 마당에 쓰러진 채 까마귀떼에 눈을
파먹히고 있다. 나는 그 가운데 쓰러져
그중 가장 육중한 몸집의 까마귀의 발길에 목이
짓눌리고 있었다. 아악! 고통을 느끼며 비명을 질렀다.

아악!
꿈이다. 사방을 둘러보니 고요하다. 마당을 뒤덮은
까마귀 소리는 씻은 듯 사라졌다. 부옇게 새벽이 오고
있었다. 방문을 열었을 때, 까마귀떼는 거짓말같이
사라졌다. 그래도 나는 그들이 사라졌음을 믿지 못하여
혹시나 으슥한 곳에서 나를 노리고 있을 까마귀들을
살피면서 불안하게 두리번거렸다.
까마귀는 없었다.
저편 동쪽 들녘에 있는 전봇대에는 어젯밤 죽어가던
까마귀만이 이제 완전히 숨을 거뒀는지
축 늘어진 채, 효수당한 검은 그림자처럼 허공에 떠있었다.

그 뒤 까마귀는 내게 가장 무서운 동물이었다.
어디서든 나를 엄습하는 공포였으며 나의 잠을 뒤흔드는
악몽의 그림자였다. 나는 까마귀가 불길하다는 의미를
완전하게 이해하였으며, 이 새가 단순한 새가 아니라
인간에 대항하는 지적인 분노를 갖춘 영물(靈物)이라는
점에 대해 남다른 확신을 가지게 되었다.

그러나 나이가 들고 그 악몽이 사라질 무렵, 나는
그 까마귀들에 대해 다시 이해하게 되었다.
내가 단순히 불길함이나 흉조(凶鳥)로만 이해한 이 새는,
지극히 뜨거운 동료애를 가진 정조(情鳥)이며,
그날의 선회 비상은 한 죽어가는 동료를 애도하기 위한
기룩한 고무(群舞)였다는 생각이 들있다.
물론 인간의 부당한 가혹행위에 대한 분개를 표현한
시위였다는 생각에 섬뜩함이 없는 것은 아니나, 그것은
그들로서 할 수 있는 최소한의 언어였으리라.

함께 떠나야할 전우를 잃은 그들은, 하룻밤을 그렇게
엄숙하게 비행함으로써 비감한 심정을 달랬으리라.
우리집까지 선회한 것은 그 가해자에 대한 원망을
표현함도 있었겠으나, 그의 죽음에 묶인 나와의 기이한
인연에 대해 상기하고, 그런 불행한 일이 다시는
없고자 하는 다짐의 비행이었을 수 있으리라.

어쨌든 까마귀는 내게 생명의 귀함과
세상의 만물이 더할 나위 없이 고귀한 인연들에 묶인

존재임을 상기하게 하는 하나의 검은 화두(話頭)가 되었다.
나의 삶은 언제나 동쪽하늘에 스스로의 삶을 가둬
죽어가던 그 까마귀의 삶을 반추하며 가는 길이었다.
수천 마리의 까마귀의 애도 속에서 눈감은 그는
차라리 행복했던가.

(저
안전한
사랑은 없다)

우리가 꿈꾸는
사랑의 세목(細目)들을 곰곰이
들여다보면
자기모순의 두 가지 엇갈린 꿈이
뒤엉켜 있음을 알 수 있다.

우린 영화 같은 사랑을 꿈꾼다.
영화 같은 사랑?
수많은 위험과 어려움을 통과하여
마침내 이루는 달콤한 사랑?
수많은 적대세력과 반대와
반발과 비아냥과 권력의 질투를
이겨내고 끝끝내 성취하는
담대하고 끈질긴 사랑?

맞다. 영화는 늘 그런,
안전하지 않은 사랑,
위험한 사랑을 그린다.
그런데 그것은 늘 영화일 뿐,

현실로 건너와 나를 위험에 빠뜨리진 않는다.
그런 사랑을 꿈꾸고, 그런 사랑의 화면들에
동의한다고 해서 나를 잡아 가두거나
괴롭힐 사람은 없다. 꿈꾸기는 자유다.
그러나 그 꿈꾸기가 현실과 동일시되기 시작할 때
그 꿈은 불온해지기 시작한다.

영화가 다루고 있는 사랑들은,
실은 위험을 가장하고 있는,
안전한 사랑이다.
우여곡절 끝에 사랑을 이루게 되어있다.
아니 못 이루면 어떤가?
그 비극에 가슴 아파하며
돌아서서 며칠 동안 마음을 끓이면 된다.
그러나 그 고통과 위험은 단지 영화일 뿐
현실이 아니기에 오히려
그 고통과 위험이 진하고 심할수록
더 달콤하다.

인간이 흔히 만나는
꿈의 대리물(代理物)들은 늘 이렇게 안전하다.
텔레비전 드라마도 그렇고
책 속의 비련도 그렇고
연극과 음악과 미술도 안전하다.
심지어 다른 사람의 스캔들,
다른 사람의 비극을 말하고 있는

수많은 뉴스들도 안전하다.
수많은 안전한 사랑들에 포위되어 있는 인간은
자신도 모르는 사이에 스스로의 사랑 역시
안전할 것이라는 꿈을 꾼다.

그러나 보라.
안전한 사랑은 없다.
안전하다면 사랑이 아니다.
고통으로 들썩이는 불면의 밤과,
인연의 뒤틀림으로 미쳐 가는 마음으로
세월을 철조망통과하는 날이 없다면
그건 사랑이 아니다.
어느 땐가 갑작스런 오해와
얄궂은 운명의 장난으로
이별의 파국을 맞을 지도 모르는
위험이 없다면 그건 제대로 된 사랑이 아니다.

우리가 꿈꾸는 사랑의 신화처럼
백마 타고 나타난 왕자가
아름다운 공주를 만나
아무 생각 없이 내내 잘먹고 잘살았다는 것은
사랑이 아니다. 이런 동화가 현실화되었을 때
어떨까? 그것은 오히려
끔찍한 지옥이 아닐까. 아무런 도전도 자극도
도발도 폭발력도 없는 만남은
단지 무료하고 괴로운

관계일 뿐이다.

거기 마녀가 나타나든
심술궂은 연적이 나타나든
김중배가 나타나든
아니면 고집 센 아비어미가
둘의 사랑을 반대하여
너 내 자식할래? 아니면 그 여자하고 살래?라고
묻든 말든,
뭔가 심각하고 고통스런 도전이 있어야 한다.
그게 있어야 사랑이다.

불안하고 취약한 사랑의 기반, 도저히
여기서는 사랑이 이뤄져서는 안 된다고 생각해온
조건, 정말 도시락 싸갖고 가서 말리고 싶은
두 사람의 관계,
불륜에다가 패륜에다가 패가망신에
인간망신, 인생 조지는 길로 가는 것처럼
보이는 것에서 싹트는 사랑,
거기에 사랑에 속하는 것이 있을지도 모른다.

물론 위험하다고 모두 사랑은 아니다.
그러나 위험하지 않은 것은
사랑이 아니다.
위험이 없는, 편안하고 느긋하고
안전빵인 사랑은 사랑이 아니다.

수많은 영화 소설 연극 속에 들어있는
사랑의 비극을 보라.
그 양념이 왜 들어가 있는가를 생각해 보라.
우린 그 양념들을 저주하고 미워하지만
그 양념이 없었다면 그 작품을 쳐다보지도
않았을지 모른다. 저 간악하고 집요하고
무시무시한 연적들이야말로
사랑을 키우고 아름답게 개화시키는
가장 중요한 존재이다.
우리가 정말 보고자 하는 것은
우리 마음속에 들어있는 사랑을 시험하는
수많은 시련들의 세목일지도 모른다.
그것들과의 가열찬 승부를 통해서
쟁취하는 사랑의 힘일지도 모른다.

그러나 그것이 현실에 나타났을 때
그건 늘, 장난이 아니다.
존재를 뒤흔들고 죽음을 생각하게 하고
가치를 뒤흔든다. 오로지
한 사람을 위해 몰두해 있는
무한의 시간이 문을 연다.
온갖 교과서적인 충고가
한낱 휴지로 변해버린다.
온갖 논리가 일거에 공허해져버린다.
거대한 물결. 필사적인 파도타기.

우리가 늘 꿈꾸어왔던,
편안하고 안전한 사랑의 허상은,
이런 괴롭고 견디기 힘든 현실 앞에
와르르 무너지면서
우리를 더욱 괴롭게 한다.
영화처럼 해피엔딩의 보장도 없는
어쩌면 영원한 비극이 더 어울릴지도 모르는,
미친 사랑의 영화가
어느 날 느닷없이 한 사람의 가슴에
펼쳐진다.

이 대책 없는 수고를 왜 하는가?
이 하염없이 밑지는 장사를 왜 하는가?
이 승산도 없는 게임에 왜 말려들었는가?
누구도 대답할 수 없는
이 질문들이 포함하고 있는
현상들이야말로 사랑이다.

그것은 어쩌면 그런 고통 너머의
쾌락과 승리를 향한 것이 아니라,
그 고통 자체가 하나의
본질일지 모른다.

이게 위무(慰撫)가 될지 모르겠다.
그러나 힘들어하는 사람이여.
그 힘들어함이,

안전하지 않고, 쉽지 않음이
바로 그대가 가진 감정이 통과해야할 것의 가치인지 모른다.
그 고통이 늘여놓은 정신의 크기가
아아
사람들이 입버릇처럼 말해온,
사랑이란 것인지 모른다.

이음의 뒷말

19⁹⁶~1999. — 세기말의 4년은 내게 PC통신이라는 애물단지를 껴안고 열애한 시절로 기억되리라. 창백한 모니터 위에 깜박이는 커서를 밤마다 문자들로 밀어내며 나는 무엇이 그리 할 말이 많았던가? 이 문학의 놀라운 신천지. 어떤 중심의 권위도 교과서의 잣대도 와닿지 않는, 힘의 진공에서 누리는 자유가 신났던 것일까? 마음속에 떠도는 화두(話頭)들을 놓칠 새라 클릭하는 순간 좌악 펼쳐지는 생각들의 긴박한 타전(打電). 그 스스로의 속도 때문에 사이버 세상은 한 시간이 여삼추(如三秋)다. 한 1년만 이 동네를 쏘다니다 보면 마치 늙은이가 된 듯한 느낌이 든다. 그래서 통신게시판 구석구석에 무늬지어있는 내 삶의 감전(感電)들을 문득 정리하는 기분으로 되돌아보는 것은 새삼스럽고 낯설다.

통신글쓰기에 관한 일반적인 시선은 그리 곱지만은 않은 것으로 안다. 검증과 치열한 모색이 결여된 아마추어판에 대한 불신의 눈초리도 있을 것이고, 기계의 편리함이 자아내는, 천박하고 불성실한 이미지를 떠올리는 쪽도 있을 것이다. 인정한다. 그러나 바로 그런 점들을 뒤집어 장점으로 말할 수도 있다. 설익은 아마추어판은 그만큼 때묻지 않은 진지함과 실험성을 담보한다는 뜻이 될 수 있고, 기계의 편리함이란 결국 문명이 진행되어가는 대세이며 결국 주도적인 문학적 패러다임이 될 수도 있다는 가능성을 내비치고 있기도 하다. 천박함과 불성실함이란 새로움에 대한 거부반응이거나, 아직 완비되지 못한 신생문학의 특질일 수도 있지 않은가? 이런 양가적(兩價的) 환경 속에서 나의 글쓰기는 무엇이었던가? 우선 분방함을 즐겼다. 문학의 겉옷이 내용을 옭죄지 않았기에 솔직해질 수도 있고 대담해질 수도 있었다. 또한 소재도 다양해질 수 있었다. 나의 주위를 이루고 있는 모든 문화현상들, 사람들, 에피소드들, 그리고 독서경험들이 모니터 속으로 빨려들어왔다. 내 글 쓰기는 그런 것들에 대한 나름대로의 시선과 반응들이었다. 또 문장이나 언어의 취사선택도 구애받지 않았다. 살아있는 구어체들을 굳이 죽이지 않았다. 그러나 통신적인 글을 유난히 고집하지도 않았다. 세상을 보는 낙천적이고 따뜻한 시선은 저 일견 싸늘해보이는 통신매체 속에서도 유효해야 한다고 생각했다. 가벼움에의 천착이 무게에의 강요 만큼이나 글을 공소(空疎)하게 할 수 있다고 생각했다. 의도한 바와 실천한 바는 꼭 같을 수 없는 법이니 그런 내 생각이 얼마나 내 글에 숨어들었는지는 알 수 없다.

나는 기자라는 대낮의 사유(思惟)와 통신작가라는 한밤의 사유에 익숙해져 있는 편이다. 그게 양립할 수 있는 나의 삶이 고맙다. 기자의 사유는 중심의 사유라고 생각해왔다. 기자는 세상이 움직여가는 동선(動線) 위에서 조망한 세상을 기록한다. 여기서는 세상에 관한 요점정리를 배운다. 그러나 작가로서의 나는 그 중심을 흔들고 비틀어왔다. 이승복 컴플렉스나 사오정 이야기, 구성애 현상, 이승연 현상 등에 관한 이야기는 최근 우리 주변의 관심사 혹은 생각의 중심을 이루고 있는 것들에 대한 의심들이다. 가령 '섹스는 따뜻하다'와 같은 도발적인 제하의 소설도 결국은 우리가 사랑이라고 믿고 있는 것들의 취약성과 위선에 대한 질문을 담으려 하고 있다. 순수한 사랑이란 뭐냐? 사랑이 지지하지 않는 육욕이란 뭐냐? 이런 생각들이다. 또 시(詩)와 동양화를 바라보는 시선은 여백없는 팩트(fact)의 사유로부터의 한 걸음 물러남이라고 생각했다. 그 물러남이 가져다줄 원경(遠景) 또한 우리가 놓치지 말아야할 또다른 팩트라고 생각했다. 내 주변의 사람들에 관한 이야기와 추억전(傳)들은 유진 오닐의 말처럼 '느릿느릿 자세히 고백하기'라는 방법을 통해 추체험(追體驗)의 즐거움을 스스로 누리기 위한 글쓰기였다. 이는 스트레이트 기사의 메마르고 억압적인 문체로부터의 일탈과 해방감을 주었다. 이런저런 점에서 나의 직업과 취미는 고맙게도 상보(相補)한다.

'누드김밥의 노래'는 원래 자작시의 시리즈 제목이었다. 김으로 밥을 싸는 것이 아니라, 밥으로 김을 싸는 발상의 전환, 내부를 드러내는 대담한 노출. 검은 외투를 걸친 김밥들 사이에서 허연 살을 드러낸 누드김밥의 도발적 자기애. 그런 생각들을 그 제목에 말아넣었을 것이다. 그런데 책의 제명으로 다시 쓰임새를 얻게 되니 마치 사이버공간에서 튀어나온 자신의 존재를 공표하는 카랑카랑한 목소리가 된 것도 같다. 이 김밥이 독자들의 밥상에 올려진 뒤 그저 겉속만 뒤바뀐, 무늬만 누드김밥이 아니라, 목젖을 울릴 만한 새롭고 웅숭한 맛의 체험이 되었으면 한다.

이 책이 통신글을 접하지 못했던 독자에게 문득 PC통신을 접속하고 싶은 생각이 들도록 하는데 기여했으면 좋겠다. 깊은 통신 구석에 짱박혀 있던 나를 찾아낸 나남출판사 조상호 사장님의 눈밝음이 고맙고, 여기저기 흩어진 글들을 짜임새 있게 모아주고 훌륭한 글집으로 지어준 편집부 여러분께 감사를 드린다. 4년 동안 내 글벗이자 진지한 비평가였던 내 아내와 통신공간에서 열렬히 내 글을 읽어준 고(故)홍상룡님 내외와 이란옥, 손지아, 김현정님 등 이른바 '이솜 교도(敎徒)'들에게 이 자리를 빌어 감사드린다.

나남산문선 · 40

누드김밥의 노래 ❶

1999년 5월 25일 발행

1999년 5월 25일 1쇄

지은이 : 이   솜

펴낸이 : 조 상 호

펴낸곳 : (주) 나 남 출 판

137 - 070   서울 서초구 서초동 1364-39 지훈빌딩 501호

전화:(02)3473-8535(代)

FAX:(02)3473-1711

www.nanamcom.co.kr

은행지로번호:3005028

등록:제1-71호(79. 5. 12)

값 5,500원